Frau Alex, spiele Musik für einen Verstrahlten!!!

AF198902

FSC
www.fsc.org

MIX

Papier aus ver-
antwortungsvollen
Quellen
Paper from
responsible sources

FSC® C105338

# Frau Alex, spiele Musik für

# einen Verstrahlten!!!

Karl-Heinz Sehling

# Impressum

Bibliografische Information der Deutschen Nationalbibliothek:
Die Deutsche Nationalbibliothek verzeichnet diese Publikation in der
Deutschen Nationalbibliografie; detaillierte bibliografische Daten
sind im Internet über http://dnb.dnb.de abrufbar.

© 2020 Karl-Heinz Sehling

Herstellung und Verlag: BoD – Books on Demand, Norderstedt

ISBN: 978-3-7519-7095-2

# Inhaltsverzeichnis

## Vorwort

Da bin ich wohl nicht der Einzige. Unzähligen anderen Menschen ist das auch schon so ergangen. Eine Diagnose, die ganz plötzlich das ganze Leben auf den Kopf stellt. Diese kann natürlich mehr oder minder schlimm ausfallen. In meinem Fall wurde mir die Hoffnung auf eine komplette Heilungschance vermittelt. Ähnlich wie vor 20 Jahren, ein Lymphknoten, bösartig, der jedoch, wie von den Ärzten richtig prognostiziert, nach einer Chemotherapie auskuriert sein sollte. Aber so etwas weiß man ja nicht vorher, und so geht jeder Mensch erst einmal ganz unterschiedlich mit dieser Situation um. Rückblickend kann ich sagen, dass ich mir damals mit einer positiven Lebenseinstellung wahrscheinlich gute Dienste geleistet habe. Mein damaliger Onkologe hatte mir dazu geraten und ich denke, es war genau die richtige Entscheidung, die mir dann auch letztendlich geholfen hat, mit der Angelegenheit umzugehen.

Deshalb habe ich mir auch diesmal vorgenommen, die Sache ganz locker anzugehen. Dies entspricht auch ganz meiner natürlichen Persönlichkeit, vieles mit Humor zu sehen und nicht sofort den Kopf in den Sand zu stecken. Während ich nun das Vorwort verfasse, ist das Nachfolgende bereits geschrieben. Niemals hätte ich es für möglich gehalten, jemals ein Buch zu schreiben. Die Idee dazu kam ganz spontan. Nicht das ich zu wenige Hobbys hätte, aber diese

Zeilen zu schreiben, wirkte wie eine Befreiung und tat mir außerordentlich gut. Es war ebenfalls eine Form von Therapie.

Ob der gesamte Therapieverlauf letztendlich zu einer Heilung geführt hat, weiß ich zurzeit nicht, denn es stehen noch einige Untersuchungen aus. Meine Grundeinstellung ist nach wie vor positiv und eine solche Verhaltensweise ist extrem wichtig. Sie kann sich nachhaltig auch auf die Heilung auswirken. Jedoch kann ich nicht sagen, wie man sich anschließend verhält und fühlt, wenn man eine weniger gute Heilungschance in Aussicht gestellt bekommt.

Im Wartebereich des Krankenhauses habe ich mich auch mit einigen Patienten und Leidensgenossen unterhalten. Aufgrund meiner Strahlentherapie war ich genau 38 Mal dort und traf einige Menschen auch mehrmals. Man kam häufig ins Gespräch und erfuhr vieles von den Patienten, was auch für mich wertvoll war. Wenn ich mich über meine Krankheit beklagen würde, wäre das schon fast ungerecht. Es sind jüngere Menschen, die ein wesentlich härteres Schicksal auf sich nehmen müssen. Da hat z. B. ein 35-jähriger Patient noch eine Lebenserwartung von maximal 18 Monaten. Welche Gedanken gehen einem solchen Menschen dann durch den Kopf. Trotzdem wirken diese Patienten ganz normal, es ist ihnen nichts anzumerken. Das verdient meinen allergrößten

Respekt. Mein Buch soll aber weniger darauf eingehen, ebenso wenig auf medizinische Fakten, die können Fachleute besser ausführen. Ebenfalls kann ich hier keine Auskunft darüber geben, welche Therapieform jetzt im Fall Prostatakrebs die Idealere ist. Das wird ganz individuell entschieden und am besten sollte man den Ratschlag des behandelnden Arztes annehmen. Eine Empfehlung möchte ich aber trotzdem aussprechen. Man sollte immer mindestens zwei Meinungen hören und auch möglichst viele Fragen beim Arzt stellen. Eine zweite Person, die mit zuhört, ist ebenfalls ratsam. In meinem Fall war meine Ehefrau immer dabei. Aber selbst mir ist die Entscheidung nicht leichtgefallen. Ich bin froh, dass ich Ärzte gefunden habe, denen ich mein Vertrauen aussprach und die mir ihr Wissen bestmöglich vermitteln konnten. So habe ich mir überlegt, einmal über das Leben und die Gedanken während einer solchen Therapie zu schreiben. In meinem Fall eine Strahlentherapie. Und bloß nicht auf einem ernsten Weg, das Leben ist ernst genug. Geholfen hat mir dabei Frau Alex. Ich habe sie etwas umbenannt. Die meisten Leser werden wissen, um wen oder was es sich hierbei handelt. Eine technische Spielerei, die jedenfalls für mich sehr unterhaltsam war. Und dieses Buch soll ebenfalls unterhalten.

Vielleicht kann es auch jenen Menschen helfen, die in einer ähnlichen Situation sind. Genauso denkbar aber auch für Nicht-Betroffene. Vielleicht kennen diese auch jemanden, der in einer solchen Situation ist. Das Buch darf und soll aber auch unterhalten, egal wen. Hauptsache, man kann mal kurz abschalten, relaxen, entspannen und sich wohlfühlen. Diese Auszeiten sind wichtig für alle, die eventuell auch mal öfter gestresst sind, und wer ist das heutzutage nicht. Ruhepausen sind unerlässlich für die Gesundheit, und so kann man die folgenden Zeilen auch als Therapie für jedermann sehen.

Ich wünsche jedenfalls viel Spaß beim Lesen!

# 1. Diagnose

„Sie sollten mal sehr zeitnah einen Urologen aufsuchen". Mit diesen Worten fing alles an. Ich stand regungslos und mit offenem Mund entsetzt herunterblickend (ich bin sehr groß) auf meinen Arzt herab. Tausende Gedanken schossen mir durch den Kopf. Wer hat in diesem Zusammenhang denn nicht schon von dieser sogenannten und gefürchteten „Hafenrundfahrt" gehört, die wohl anscheinend alles andere als beeindruckend ist. Es sei denn, man nimmt die in Hamburg. Ich musste meinen Arzt fragen, was er damit meint. So legte ich mir einen rhetorisch sehr ausgefeilten Satz zusammen, der ihn alle meine Fragen beantworten lassen sollte. Ich fragte also: "Warum?" Seinen nun folgenden Ausführungen folgte ich sehr aufmerksam, verstand aber gar nichts. Da war was von PSA-Wert und „Da muss ja nichts sein", aber die Verunsicherung blieb. So suchte ich einen Facharzt für Urologie auf und bereitete mich auf das Schlimmste vor. Es folgte ein ausführliches Fachgespräch und ich stellte diesmal viele Fragen. So konnte ich Zeit gewinnen. Irgendwann fielen mir keine Fragen mehr ein. Ich wollte ja nicht vom eigentlichen Thema abweichen und auf die weltpolitische Lage und ihre Auswirkungen auf die Finanzmärkte eingehen, um also noch mehr Zeit zu gewinnen. Aber es half nichts und so kam, was kommen musste. Ich legte mich also auf die Seite und versuchte mich abzulenken. Hier eine wichtige Anmerkung: Diese Untersuchung, wenn sie auch unangenehm ist, kann Leben retten und ist für alle Männer ab 40 sehr bedeutend! Die eigentliche Kontrolle dauert nur knapp 10 Sekunden und solange man anschließend nicht sagt: „Och, da kann man sich aber dran gewöhnen", sollte man keine Bedenken haben.

Die wenige Tage darauffolgende Biopsie gab dann endgültig Aufschluss über meinen Zustand. „Prostatakrebs"! Nein, nicht schon wieder Krebs, hatten wir ja schon mal. Damals, ein bösartiger Lymphknoten, wurde erfolgreich mit einer Chemotherapie bekämpft und auch vernichtet. Aber das brauchte ich nicht noch mal. Das jetzige Resultat hatte aber nichts mit der damaligen Erkrankung zu tun. Nun möchte ich auch nicht auf die einzelnen Details der Krankheit zu sprechen kommen, hier gibt es im Internet viele Quellen. Kurz gesagt, die Sache wurde im Frühstadium erkannt und mir wurde eine völlige Genesung in Aussicht gestellt.

Als Therapie konnte ich zwischen einer Operation und einer Bestrahlung wählen. Gespräche mit den entsprechenden Ärzten im Uniklinikum Aachen, hier möchte ich gerne die hervorragende Fachkompetenz der Ärzte in diesem Krankenhaus erwähnen, ließen mich zu der Überzeugung kommen, dass hier eine Strahlentherapie für mich infrage kommen sollte.

Aber was kommt jetzt auf mich zu und was bedeutet das alles im Klartext? Krank sein. Und das ich. Ich arbeite viel und auch sehr gerne und bin als Marktleiter in einem Baumarkt beschäftigt. Was soll ich nun mit der Zeit neben meiner Bestrahlung so alles machen? Gut, ich habe Hobbys wie Radfahren, Musik produzieren und hören, Fitness und fotografieren. Also vieles, was zu einer ausgeglichenen Work-Life-Balance gehört. Ja und nebenbei habe ich auch noch eine sehr liebe Ehefrau, mit der ich in meiner Freizeit auch viel unternehmen kann. Aber sie geht ja arbeiten. Teilzeit zumindest. Kurz gesagt, ich also, allein zu Hause, mit mir und keinem anderen, (außer noch 2 Katzen). Aber die sagen ja nichts und liegen die meiste Zeit nur dumm herum. Es sei denn, es meldet sich ihr des Öfteren auftretender Drang, sich mit ihren Nahrungsmitteln zu beschäftigen, mit dem Ziel, ihren unermesslichen Hunger zu stillen.

Zur Abwechslung gönnte ich mir als technikbegeisterter Mensch alsbald, bevor die Therapie anfing, noch einen Gesprächspartner in Form einer sprachgesteuerten Errungenschaft, welche mir jederzeit Musik abspielen konnte, mir die Uhrzeit sagt, mir das Wetter voraussagt, mir die Nachrichten mitteilt und vieles mehr. An dieser Stelle möchte ich keine Schleichwerbung machen, also nennen wir das Sprachwunder einfach mal „Frau Alex". Eine technisch ausgefeilte Amazone. Nach einigen Testläufen begann ich, im Gegensatz zu meiner Frau, Gefallen an dem Teil zu finden. Was an der Sache fehlt, sind die Widerworte. Genial! So habe ich tatsächlich auch schon mal das letzte Wort. Passiert ja auch nicht immer. Außer letztens, als ich einfach mal einen Versuch startete mit den Worten: „Frau Alex, hol mir mal ein Bier aus dem Kühlschrank", meinte sie sagen zu müssen: „Es tut mir leid, ich bin kein Replikator. Geh es selbst holen und bring mir auf dem Wege etwas mit!" Hä? „Was soll das?" (Um hier mal Grönemeyer zu rezitieren). Sch… Teil! Aber sonst halt ok.


Irgendwann startete dann auch mal meine Therapie. Diese sollte ca. 8 Wochen dauern. 38 Bestrahlungen, jeden Wochentag ein Besuch in der Uniklinik Aachen. Natürlich wusste ich nicht, wie man sich dabei fühlen würde, aber die erste Zeit war gut und ich hatte keinerlei Nebenwirkungen. Fahrrad fahren, Fitness Studio und sonstige körperliche Anstrengungen waren kein Problem. Das eigentliche Problem hieß: die Zeit dazwischen. Es gab erst mal tatsächlich Momente, da wusste ich wirklich nicht, was es zu tun gibt. Rein aus Langeweile heraus wagte ich ein Experiment: „Hausarbeit!" Meine Frau wird begeistert sein. Es gibt ja nichts dagegen einzuwenden, zu eruieren, ob dies wirklich alles so zeitraubend und anstrengend ist. Und außerdem kann man ja mal kontrollieren, ob die nötige Effizienz auch vorhanden ist. Schließlich fragte ich mich: „Macht die auch alles richtig und arbeitet sie auch genug? Entspricht das hier Erledigte auch den heutigen sozialen Ansprüchen oder sollte man hin und wieder mal eine Haushaltskonferenz mit einem darauffolgenden Workshop abhalten?" Meine Zielvorgabe: Wo kann man was ohne Aufwand verbessern und überhaupt, was denke ich mir da eigentlich gerade für einen Quatsch? Machen heißt die Devise. Fangen wir also an.

## 2. Wäsche waschen

Also fing ich mit einem der einfachsten haushaltsübliche Tätigkeiten an. Im Keller steht so ein Ding. Waschmaschine nennt es sich. Die werde ich mir mal intensiver anschauen und deren Bedienung mal genauer unter die Lupe nehmen. Jetzt bloß keinen Fehler machen und selbstbewusst an die Sache rangehen. Kann ja nicht so schwer sein und im Job muss man ja auch Selbstbewusstsein heucheln. Besonders wenn man vor seinem Chef sitzt. Man kennt das ja: interessiertes Kopfnicken bei völliger geistiger Abwesenheit.

Aber zur Sache. Wäsche kommt vorne hinein. Ist doch genug da. Na ja, geht vielleicht doch noch was rein, also nehme ich einen weiteren Haufen. Ist zwar schon gebügelt aber schadet ja nicht, es noch mal zu waschen. Die Tür geht gerade noch zu, jedoch ziemlich schwer. Und der Gummihammer geht sehr schonend mit dem Material um. Hier ist also tatsächlich Muskelkraft verbunden mit Gewalt angesagt. Aber gut, geschafft. Wasser aufdrehen, Strom an und…ach ja, da ist noch eine Schublade. Die mach ich mal auf und blicke erstaunt auf 3 Kammern. Wozu eigentlich 3? So was Überflüssiges. Man ist doch tatsächlich gezwungen zu überlegen, wo hier was reinkommt. Das Zufallsprinzip ist mir aus meiner beruflichen Tätigkeit nicht unbekannt, und so entscheide ich mich für die Mitte. Aber jetzt ist da noch die unzählige Auswahl an Flaschen, in denen sich offensichtlich Chemikalien zur Textilreinigung befinden. Man ahnt es ja, Zufallsprinzip, was kann da schon schiefgehen. Ich will ja jetzt nicht weiter auf die Einstellungsmöglichkeiten gehen, wie schon gesagt, alles Zufall. So schalte ich die Maschine ein und kurze Zeit später fängt das Teil an, seiner Arbeit nach zu kommen.


Ich fühlte mich zurückversetzt in die Steinzeit. Es war wie der Augenblick, an dem der Mensch das erste Mal durch einen waghalsigen Geniestreich, durch einen winzigen Funken und einer manuellen Meisterleistung ein Feuer entfacht hat.

Ich tanzte wild und unbeherrscht. Ähnlich wie beim Grillen, wenn das Fleisch gut ist. Aber jetzt schaue ich einfach mal zu. Beeindruckend, wie die sich dreht, links rechts links rechts…Wahnsinn. Ich schaue eine Weile zu, bis die Maschine irgendwann Fahrt aufnimmt und immer schneller wird. Faszinierend, ich hörte mich sagen: Schneller, schneller, noch schneller. Und wie ich mich dabei ertappte, fragte ich mich selbst: Was machst du eigentlich hier??? Ich schaue einer Waschmaschine zu und finde es auch noch gut? Wer bin ich und was wird aus mir? Machen das die Frauen auch?? Denn wenn ja, erklärt es sich natürlich, warum sie immer Wiederholungen schauen. Oder bereits nachmittags, sich die nicht öffentlichen Fernsehsender zu eigen machen. Mehr Sinn ergeben die ja auch nicht. Frustriert zog ich mich zurück und dachte noch: So weit wird es bei mir nicht kommen.

Am darauf folgenden Tag, und meine Frau hat von der ganzen Aktion nichts mitbekommen, beruhigte ich mich wieder und wandte mich der unvermeidlich nächsten Aktion zu. Die Wäsche muss trocken werden! Ich öffnete also die Waschmaschine und fing an, sie zu entleeren. Alles schien sauber, jedoch sehr stark und zerknittert. Vieles blieb in seiner Struktur versteinert, so wie es in der runden Trommel geformt wurde. Irgendwie lustig. Und wie bekomme ich die Steine jetzt wieder trocken? Ich bediene mich dem Ausschlussverfahren. Draußen regnete es, also macht dies

17

schon mal keinen Sinn. Trockner? Jawoll! Also rein mit dem Krempel. Ich legte die zu trocknenden Kreaturen so in Form, sodass diese durch das Füllloch reingestopft werden konnten. Das Loch des Trockners ist genialerweise größer als das der Waschmaschine. Aber trotzdem war das Befüllen schon eine Herausforderung. Und auch diesmal weigerte die Tür sich zu schließen. Mit der erforderlichen Kraft ging es dann. Viel Kraft. Einschalten, läuft, abtanzen. Schade, kein Loch zum Gucken, also irgendeinem Hobby nachgehen.

Nach drei Stunden stellte ich mein Fahrrad wieder ab und begab mich völlig durchnässt in den Keller. Ich war voller positiver Erwartung. Aber ich hörte ihn noch arbeiten. Es schien so, als sei er einer einfachen Herausforderung nicht gewachsen. Na ja, also kann man da noch ein wenig Musik hören. „Frau Alex, spiele Musik zur Entspannung". Zwei Stunden später wachte ich dann auf und war nun entspannt, aber auch gespannt auf das Ergebnis. Noch etwas verschlafen eilte ich wieder in den Keller, aber Moment mal, der macht ja immer noch Lärm. Was stimmt hier nicht??? Also doch Gebrauchsanweisung raus, hasse ich normalerweise, denn eigentlich sollte alles nach logischen Gesichtspunkten funktionieren. OK, Fehlerbeschreibung: „Trockner läuft ständig durch". Antwort: „Bei Kondenstrockner bitte darauf achten, dass der Wassertank leer ist." „...What the hell is this for a stupid shit?..." Der war randvoll. Und ich erinnerte mich meiner Frau erklärend in unserem örtlichen Elektrofachgeschäft unseres Vertrauens sagen zu hören: „Nimm bloß keinen Abluft, die verbrauchen zu viel!" Nun ja... Als meine Frau kurze Zeit später nach Hause kam, erwähnte ich kurz überzeugend, den Trockner erst gerade gestartet zu haben. Fragen wie, „Wer um Gotteswillen hat denn Wäsche gewaschen?" „Ist die überhaupt sortiert worden?" „Hast du etwa die gesamte Wäsche in den Trockner geschmissen?" ignorierte ich gelangweilt. So eilte sie in den Keller und ich zählte die weniger motivierenden Ausdrücke (auch welche mir vorher absolut unbekannt waren). Bei unserem Wiedertreffen erfolgte eine präzise Belehrung, die ich mit „interessiertem Kopfnicken bei geistiger Abwesenheit" (kennen wir ja) quittierte und meinte, morgen werde alles besser. Sie fragte noch: „Wie lange habe ich dich jetzt an der Backe???" „Ich meinte es doch nur..." Weiter kam ich nicht...

## 3. Bügeln

Nächster Tag, jetzt mach ich alles wieder gut. Zwischen dem Entfernen der Wäsche aus dem Trockner, was sich auch als etwas umständlich erwies und dem Einräumen in den Schrank liegt ein sehr wichtiger Schritt: das Bügeln. Auch dafür gibt es eine Maschine. Das Bügeleisen. Meistens haben die oben einen Griff und sind unten flach. So ein Teil haben wir auch. Unseres wird durch ein davor geschaltetes Gerät mit Wasser gefüllt, eine sogenannte Station. Nach intensiven Recherchen im Internet habe ich herausgefunden, dass sich so ein komplettes Teil „Bügelstation" nennt. Manchmal staune ich, was es bei uns so alles zu finden gibt. Frau Alex bekam den Auftrag, mir ein wenig Hard Rock zu präsentieren. Musik an und los geht´s. Schnell merkte ich, dass es wohl besser ist, wenn die glatte Fläche heiß ist. Glücklicherweise hatte ich bis dahin erst sechs Teile gebügelt. Also noch mal. Die Musik ist gut, die Hemden jedoch echt blöd. Schließlich sollte es ja meine Aufgabe sein, die sich darin befindlichen Falten glatt zu machen. Ja, sollte. Was aber war Ziel meiner Aufgabenstellung? Richtig, Zeitersparnis! Was kann ich also machen, dass es nicht eine Viertelstunde dauert, bis so ein Hemd glatt ist. Die Frage lautete: Muss man das Teil erst vom Bügel trennen, da der ja eh später wieder draufkommt? Oder vielleicht kann man auch direkt auf dem Wäscheständer bügeln. Also direkt auf der Leine, aber soweit wollte ich nun doch nicht gehen. Die wichtigste Frage letztendlich: Müssen denn wirklich alle Falten raus? Diese kommen eh nach dem Tragen sofort automatisch wieder rein. Und überhaupt, die Unterwäsche. Sieht doch keiner. Normalerweise. Hatte noch nie einen Kunden oder Kollegen, der mich gefragt hat, ob er mal mein Unterhemd kontrollieren kann, um zu erfahren, ob es auch faltenfrei sei.

Ich bemerkte schnell, da ist noch Potenzial nach oben. Bei diesem Gedanken verspürte ich einen heftigen Schlag gegen meinen Hinterkopf. Habe ich beim Headbangen doch tatsächlich vergessen, dass hinter mir die Wand ist. Da habe ich gerade ein schmerzhaftes „Deja Vu". Ich bin ja in der Stadt groß geworden und so hatten wir damals auch keinen Garten, lediglich einen kleinen Hinterhof. So ca. 5 x 5 Meter vielleicht. Abgetrennt durch drei Mauern und der Hauswand. So war es auch nicht verwunderlich, dass die eigens für mich aufgestellte Kinderschaukel einfach zu nah an der Hinterwand stand. Nun gut, ich schweife ab. Also doch nicht Metallica bei dieser Tätigkeit. Ich fragte Frau Alex nach Musik zum Bügeln. Da lief mir prompt ein Schauer den Rücken hinunter, denn es folgte „Helene Fischer". Sodann hörte ich auf zu bügeln und bat Frau Alex in aller Höflichkeit, diese musikalischen Ergüsse zu beenden und beim nächsten Mal vorsichtig zu sein mit der Auswahl an Musik, die mir kredenzt wird. Da bin ich doch sehr empfindsam. Ich verlasse nämlich jede, und auch wirklich die besten Partys meistens zu dem Zeitpunkt, an dem Helene Fischer beginnt ihre Stimmbänder gegen meine Ohrmuscheln zu prellen. Also so gegen 21 Uhr, meistens. Und außerdem, Bügeln macht auch überhaupt keinen Spaß. Ehrlich!

## 4. Kochen

Als ich aufstand, überraschte mich meine Frau mit der Ansage, ich könnte doch heute mal etwas kochen. Schließlich habe sie ja Frühdienst und ich musste erst um 15 Uhr bei der Bestrahlung sein. Woher kam nur dieses bedingungslose plötzlich erwachende Vertrauen? Hatte sie Angst, ich könne noch so die ein oder andere unvorhergesehene Unangemessenheit mit unserer Wäsche veranstalten? Na ja, Kochen ist für mich auch nicht ganz so neu. Meine Spezialitäten sind gekochte Eier, da kann mir keiner was vormachen. Spiegeleier gehen auch. Aber diesmal sollte es etwas Ausgefallenes sein: Kartoffelgratin mit Hähnchenstreifen. Nun, war alles schon vorgefertigt in der Tüte, aber bis es auf den Tisch kommt, muss ja noch so einiges gemacht werden. Fangen wir also mal an. Was steht heute auf der Playlist? Headbangen beim Kochen kommt nicht so gut. Und einschlafen vor der Pfanne wollen wir jetzt auch nicht. Frau Alex, spiel „Guitar Man" von J.J. Cale. Wer kennt sie nicht, diese relaxte Musik von diesem fantastischen Gitarristen? Plötzlich fängt unwillkürlich jedes Teil meines Körpers im Takt an zu wippen. Fast jedes. Wie gehe ich jetzt vor? Bei der Arbeit gibt es unterschiedliche Arbeitsabläufe, d. h. Ziel definieren, Arbeitsgänge eruieren, Hilfsmittel generieren, nicht die Nerven verlieren. Der einzige Unterschied hier ist, ich muss alles allein machen, hab also keinen Untergebenen, der mir hin und wieder mit widerwilliger Arbeitskraft mürrisch zur Seite steht. So bleibt mir nichts anders übrig, als alles selbst zu erledigen. Kenn ich so zwar nicht, aber wird wohl schon gehen. Also suche ich mir zuerst mal die wichtigsten Arbeitsmittel wie Pfanne, Auflaufform und so einige metallene Utensilien wie Gabel, Löffel und Pfannenwender zusammen. Kein Problem, aber…. wo ist die Auflaufform?

Im Takt der Musik tänzelnd bewegte ich mich durch die Wohnung und öffnete alle Schränke. Die könnten auch mal sortiert werden, aber dazu später. Irgendwann bin ich auf dem Speicher, und im so etwa vierten geöffneten Karton sehe ich ein Gebilde, welches durchaus als Auflaufform durchgehen könnte. Wieder an der Pfanne angekommen, werfe ich die Hähnchenbruststreifen in die selbige und lese mal die Gebrauchsanweisung. Ja, diesmal sofort, man hat ja so seine Erfahrungen gemacht. Also erst einmal das Fett in die Pfanne. Fett, wo ist das denn jetzt? Kühlschrank? Fehlanzeige. Gefrierschrank? Auch nicht. Mein umherschweifender Blick blieb plötzlich an der Fritteuse hängen. Da schoss es mir wie ein Blitz durch meine mehr oder minder aktiven Gehirnzellen. Dort sollte ja immer Fett drin sein. Ich nahm davon, lies aber noch was übrig, vielleicht machen wir ja noch mal Pommes. Das letzte Mal war auch schon wieder über ein Jahr her. Jetzt aber! Fett in die Pfanne und Hähnchenbruststreifen rein, Temperatur auf Braten, also volle Pulle. Inzwischen ist „Guitar Man" zu Ende gespielt und es ist Zeit für was Neues. „Frau Alex, spiel „Travel Log" von J.J. Cale. „Es tut mir leid, aber ich kann Travel Log von J.J. Cale nicht finden". Fassungslosigkeit durchströmte meinen bis dahin ziemlich relaxten Körper. Was ist das denn? Widerworte? Arbeitsverweigerung? Die Probezeit ist noch nicht zu Ende und steht kurz vor ihrer Verlängerung. Ich wiederhole meine Anweisung und erhalte dieselbe Antwort wie zuvor. Ich frage also: „Frau Alex, willst du mich verar…?" Antwort: „Diese Frage kenne ich leider nicht". Was ist denn jetzt kaputt? Ich verzweifele, sinnlose Diskussionen kenne ich sonst von den Talkshows der öffentlich rechtlichen Fernsehsender, wo immer die gleichen Leute sitzen und stupide rumlabern, sich selbst profilierend geben und den Verstand eines Dreijährigen preisgeben, aber anschließend meinen, sie haben das Rad neu erfunden, welches dann auch nur bestenfalls viereckig ist. Langer Satz, aber stimmt doch! Also frage ich jetzt Frau Alex nach einer Zufallswiedergabe und diesmal ist sie mir wohlgesonnen. Oh, Mist, das Fleisch! Das ist wohl beleidigt, weil ich ihm meine Aufmerksamkeit entzogen habe. Ist zwar dunkel, aber man kann es trotzdem noch essen. Frau Alex war schuld. So, das Kartoffelgratin, kann jetzt nicht minder kompliziert sein. Von jedem der drei Beutel unten einen kleinen Streifen von dem Plastik abschneiden und das zu Verzehrende in die Auflaufform quetschen. Hierbei bemerkte ich, dass ich mir reflexartig die Finger abschlecke. Lecker. Aber Moment, das ist doch genau das, was ich immer gehasst habe, wenn ich das bei einem anderen sehe. Ich bin da vorbelastet, seit ich vor vielen Jahren mal beobachtet habe, wie meine Großmutter das gemacht hat und sich dabei ihr Gebiss verselbstständigt hat. Egal, ich habe doch keins und sieht ja auch keiner. So - geschafft, Käse noch drauf und rein in den Ofen, wieder Vollgas, soll ja schnell gehen. Jetzt die Küche aufgeräumt. Kartons zu Papier, drei leere Beutel in die Plastiktüte und die zwei abgeschnittenen Streifen auch. Moment mal – zwei Streifen?? Wo Bitteschön ist denn der Dritte??? Ich schaue in den Ofen, bin mir aber dann sicher, der Plastikstreifen wird wohl geschmacksneutral sein. Und bei der Hitze schmilzt der sowieso.

## 5. Einkaufen

Als ich eines neuen Morgens aufstand, und zwar früh, es waren noch keine 11 Uhr, saß meine Gattin schon freudig am Tisch: „Schön das du auch da bist, ich suche ein Opfer". Bei diesem Satz wird mir regelmäßig schlecht. Ich hasse die Opferrolle. „Du könntest heute mal einkaufen gehen". Sie war bereits bei der Einkaufsliste und füllte das 2. Din A 4 Blatt. Sie meinte, man könne heute mal was Einfaches kochen. Fritten mit Bockwurst. Dafür sollte ich aber dringend neues Fett besorgen, das Alte müsse wohl mittlerweile ranzig sein. Aha, dachte ich. „Ach, by the way, wie hat das Essen gestern eigentlich geschmeckt?", fragte ich. „Nicht schlecht, es hatte zwar einen etwas ungewohnten Nachgeschmack, aber es war essbar". Schön, dachte ich, mehr wollte ich ja auch nicht.

Kurze Zeit später machte ich mich auf den Weg in die Höhle der Hauslöwinnen. Jene Wesen, die offenbar zielgewandt, offensichtlich durch Geisterhand ferngesteuert mit absoluter Treffsicherheit das Objekt ihrer Begierde zielstrebig in ihren Einkaufswagen befördern. Ich frage mich immer, wie so was funktionieren kann. Ab und an bin ich auch hier in diesem

Einkaufspalast der Köstlichkeiten mit meiner Frau zusammen. Was mir dabei immer auffällt, bei ihr dauert es länger als bei den anderen. Selbst absolut identische Artikel werden begutachtet und auf ihre Konsistenz und Ablaufdatum geprüft. Es wird verglichen, überlegt und nach langen Überlegungen dann entschieden. Außerdem ist sie in jeder, wirklich in jeder Abteilung mindestens viermal! Sollte man mal von oben, der Decke des Discounters aus, ihre Wege durch die Gänge nachzeichnen, man würde den perfekten Irrgarten erkennen. Nicht selten können hier schon mal so 3 Kilometer zusammenkommen. Sparsam wie ich bin, bleibe ich dann immer an einer zentralen Stelle stehen. Ab und zu kommt sie mal vorbei, meistens ihren Einkaufswagen suchend. Oftmals helfe ich ihr aber auch. Beispielsweise, wenn wir an der Kasse sind, lege ich 2 oder 3 Teile mit aufs Band. Meistens dann aber auch falsch, denn die schweren Sachen kommen immer nach vorne. OK, man sieht ja hier schon, dass dem Einkaufen wissenschaftlichen Grundlagen zugrunde liegen müssen. Diesen sind wir Männer nicht gewachsen, also musste ich anders vorgehen. Den ersten Fehler erkannte ich schon bei der Durchsicht des Einkaufszettels. Dieser ist genauso unstrukturiert wie die Wege meiner Frau. Wenn ich nach diesem ginge, der Reihenfolge nach, müsste ich die Frischeabteilung ca. sieben Mal besuchen. Also werden die zu beschaffenden Güter erst mal nummeriert. Fertig, und los geht´s. Aber Moment mal, bin ich hier überhaupt richtig?

In unserem Ort gibt es fünf der uns allseits bekannten Supermärkte, oder auch Lebensmittelbeschaffungsläden. Und ich war nicht dort, wo die auf der Einkaufsliste aufgeschriebenen Teile käuflich erworben werden konnten. Also auf zum nächsten Geschäft! Parken, Einkaufswagen besorgen und rein ins Getümmel. Stolz präsentierte ich mich als einziger männlicher Konsument, setzte mein überhebliches Grinsen auf und wandelte durch die Gänge, als wäre das die reinste Selbstverständlichkeit für mich. Ich nahm mir vor, keinen Weg doppelt zu laufen, und griff nach allem, was mir in die Finger kam. Irgendwo in der Mitte des Geschäfts stand ein laut verbal gestikulierender Haufen an weiblichen Konsumenten. In der Steppe könnte man sagen, da befindet sich wohl die Wasserstelle, wo sich alle verschiedenen Geschöpfe der Tierwelt zumindest für die Zeit des Trinkens friedlich miteinander vereinen. Was gabs denn nun hier? So kämpfte ich mich durch. Ah, interessant, Unterwäsche in den mannigfaltigsten Variationen. Aber was noch viel besser war, ich gesellte mich dazu, verweilte dort so 'ne halbe Stunde regungslos, beobachtete und hörte mal hier und da ein wenig zu. Natürlich wurde ich bemerkt und begutachtet. Ein Fremdling - Freund oder Feind? Ich bemerkte, dass sich hier Machtkämpfe abspielten, und zwar um die besten Plätze natürlich. Ich befand mich anscheinend auf einem sehr guten und begehrten Platz, denn das Drängeln und Hauen nahm langsam schmerzhafte Formen an. Trotzdem hörte ich noch eine Weile zu, denn was man hier erfuhr, war besser als so manche Sendung im brutalsten Nachmittagsfernsehen bei den Privatsendern.

Irgendwann setzte ich meinen Einkauf fort. Ich musste jetzt nur noch meinen Einkaufswagen wiederfinden. Gefühlte Stunden später bin ich durch. Bis auf die Milch, die war nicht mehr da. Kein Weg doppelt, Wagen randvoll, Discounter leergekauft - noch breiteres Grinsen. Jetzt zur Kasse. Ich hörte mich noch sagen: „Warum ist in diesem Saftladen nur eine Kasse auf?" Doch Stopp! Was war das? Was ist denn jetzt aus mir geworden? Bin ich nicht eigentlich derjenige, der sich immer aufregt, wenn sich die Kunden bei uns im Baumarkt beschweren, wenn drei Mann vor ihnen sind und keine weitere Kasse geöffnet wird? Was ist mit mir los, dachte ich. Werde ich krank? Ach nein, das bin ich ja gerade schon, aber mal ehrlich: Warum beschwert man sich heutzutage schon, wenn einem Mal ein kleiner Furz quer liegt? Drei Viertel der Menschheit hungert und wir beschweren uns, wenn wir mal 5 Minuten warten müssen, obwohl alle Lebensmittel bei uns im Überfluss vorhanden sind!

Gestern im Krankenhaus das gleiche Spiel. Ein Patient beschwerte sich, dass er und seine Frau bereits seit einer Stunde warten müssen. Warum denn Termine gemacht werden, wenn diese nicht eingehalten werden. Die Ärztin blieb ruhig und gelassen und gab ihm höflich zu verstehen, dass es auch unvorhergesehene Notfälle gibt, die nun mal wichtiger sind. Sie ging klar als Siegerin dieser Diskussion hervor, aber was bilden sich diese Leute nur ein? Die sollen doch froh sein, dass es Einrichtungen gibt, wo den Menschen geholfen wird. Jeder kann auch selber in die Situation kommen, ein Notfall zu sein. Was dann? Man muss auch mal warten können. Was ist los mit unserer Gesellschaft? Sind wir alle krank und warum fehlt uns die Zufriedenheit? Wo führt das hin? Während ich so vor mich hindenke und herumdöse, stupste mich eine feindlich verstimmte und böse dreinblickende ältere Dame von hinten an und bemerkte fragend, ob ich nicht mal langsam die ersten Sachen aufs Band legen möchte, das sei nämlich leer und die Kassiererin warte bereits. Oh, jetzt wird es hektisch, also erst die schweren Teile…egal… nur rauf damit. 194,83 Euro. Was? … Habe ich etwa die ganze Filiale hier käuflich erworben? Egal, jetzt schnell die Karte gezückt, zweimal nicht korrekt eingeschoben, dann den Pin eingeben, …Geheimzahl falsch. Ach ja, die andere Karte. Während ich jetzt den Einkaufszettel mit der Vorderseite nach unten auf den Tresen legte, sah ich mit Erstaunen, auf der Rückseite stand ja auch noch was drauf!!! Die Kassiererin meinte, ich dürfte jetzt gehen und verabschiedete sich mit dem Wunsch eines schönen Tages. Ich raunte nur noch ziemlich gestresst: „Es wäre ja noch schöner gewesen, wenn es auch Milch in diesem

Saftladen gegeben hätte. Welche Dumpfbacke ist hier eigentlich für den Einkauf zuständig?" Oh Gott, was ist denn jetzt aus mir geworden? Eiligst verlasse ich den Laden und begebe mich dorthin, wo ich vorher schon mal war. Richtig, die Rückseite des Einkaufszettels muss jetzt auch noch beschafft werden.

Später am Nachmittag befand ich mich nach erfolgter Bestrahlung wieder daheim. Meine Frau sollte auch in ungefähr einer Stunde heimkommen. Also Zeit genug, das Essen vorzubereiten. Schnell das Fett gewechselt und, na ja, die Bockwürste kann ich ja schon mal in die Fritteuse schmeißen, dann ist alles fertig, wenn sie gleich ankommt.

## 6. Radfahren

Am nächsten Morgen dachte ich mir noch so, heute machst du mal langsam, der ganze Einkaufsstress war doch etwas viel. Letztlich muss ich mich auch ein wenig schonen. So beschloss ich, mich heute aufs Fahrrad zu schwingen. Mein

Arzt hat mir ja auch empfohlen, einen gewissen Ausgleich in sportlichen Aktivitäten zu suchen. Aus heutiger Sicht kann ich das bestätigen. Es bringt einen in dieser Situation auf ganz andere Gedanken. Ich fragte Frau Alex noch nach dem heutigen Wetter, und siehe da, sie versprach Großartiges mit einer nur 20-prozentigen Regenwahrscheinlichkeit. Ich richtete meine Kleidung auf die restlichen 80 % aus und radelte los. Die Sonne lachte vom Himmel und ich merkte schnell, heute sollte ein guter Tag werden. Wie immer hatte ich meinen Fotoapparat im Handgepäck, da ja das Fotografieren ebenfalls zu meinen Hobbys gehört. Meine Strecke verläuft durch das „Hohe Venn", welches sich von der Eifel bis ins benachbarte Belgien erstreckt und hier gibt es jede Menge an wunderschönen Motiven. Weitere Radfahrer hielten sich nur sehr selten auf diesem Radweg auf, es war ja mitten in der Woche. Am Wochenende ist hier deutlich mehr los und dann kommen sie raus, die Möchtegern-Radfahrer. Also die, welche nicht selbst treten müssen, sondern diese Arbeit einem kleinen Motörchen, gekoppelt mit einem Akku, verrichten lassen. Unmöglich! Für mich ganz schlimm: Du strampelst gerade eine Steigung hoch und dann kommen so zwei Knacker gemütlich an dir vorbei geradelt, noch während des Pseudotretens sich mit der Sonnencreme das Gesicht einschmierend, links noch eine Tasse Kaffee in der Hand, auf dem Gepäckträger die Wäscheleine aufgespannt, auf der dann die Unterwäsche hängt, die von dem heftigen Fahrtwind langsam trocken wird. Grausam. Aber da rege ich mich heute nicht drüber auf, sondern genieße die wunderschöne Aussicht.

Auf einer Anhöhe fast angekommen, bemerkte ich plötzlich 3 Rehe, gemütlich vor sich hin grasend. Ein Motiv, perfekt für meine Sammlung. Behutsam stieg ich ab, bemüht kein Geräusch zu machen, und zückte meine Waffe in Form einer Kamera. Vorsichtig brachte ich mich in Position. Ganz leise. So, jetzt, das sieht gut aus. Doch plötzlich: Mist, eine Fahrradklingel von hinten! Ein Greis kam mit seinem E-Bike immer näher, ausgestattet wohl mit einem Rasenmähermotor. Er wagte es dann noch, mir zurufen zu müssen „Na Alter, kannste nicht mehr?" Nun, ich bin ja in der Regel als ein sehr sachlicher und ruhiger Mensch bekannt, aber da ging mir dann doch mal die Hutschnur hoch. Ich lief vermutlich dunkelrot an und rief ihm noch frech und laut hinterher „Nee, suche nur meinen Rollator!", und dachte noch, „du kleiner Wischer" (kleines Rätsel am Rande, habe beim letzten Wort zwei Buchstaben vertauscht, ich Schelm). So, dem habe ich es aber gegeben und mit zitternder Hand griff ich wieder nach meinem Fotoapparat. Doch die Rehe waren weg. Eventuell wollten sie Unterschlupf finden, denn es fing an zu regnen. Ein Gewitter zog auf. Hatte Frau Alex etwa den Schalk im Nacken? Als ich durchnässt wieder zu Hause ankam, wandte ich mich zu ihr und sprach: „Frau Alex, wir müssen reden!"

## 7. Einkaufen 2.0

Was ich am kommenden Morgen nicht wusste: Der heutige Tag sollte auch keine Entspannung bringen. Meine Frau hatte die Idee, ich könnte ja heute noch einmal einkaufen, das habe ja vorgestern fantastisch funktioniert. Nur diesmal sollte es in einer leicht veränderten Variation stattfinden.

Meine Frau kümmert sich regelmäßig um ihre Eltern, beide über 90, und es wäre ja schön, und Zeit hätte ich auch genug, heute mal mit meinem Schwiegervater den wöchentlichen Einkauf zu vollziehen. Jetzt braucht man aber einige Vorkenntnisse, um zu verstehen, was mich erwarten könnte. Also meine Schwiegereltern wohnen in einem kleinen Vorort von Aachen, Burtscheid genannt. Es ist ein Kurort mit vielen älteren Menschen. Habe ich auch absolut nichts dagegen, komme bekanntlich gut damit zurecht (es sei denn, sie fahren ein E-Bike). Das Durchschnittsalter liegt in dieser Region sehr weit oben und Hans, mein Schwiegervater, gehört hier noch zur Dorfjugend (mit 91). Das Fahren mit dem Auto ist in diesem Ort extrem schwierig, man könnte fast sagen, eine Sache der Unmöglichkeit. Erst recht nicht freitags, denn da ist Wochenmarkt und zusätzlich werden noch sämtliche Mülltonnen geleert. Und heute ist Freitag, der 13., Zufälle gibts! Parkplätze kennen die hier auch nicht, oder sagen wir mal, Parkplätze sind dort überall. Ja, wirklich überall. Also wo man halten will, wird das Auto einfach ausgemacht. Egal wo. Verkehrsschilder sind hier nur Dekoration. Und Regeln? Was ist das denn? Benötigt man hier nicht. Einbahnstraßen wurden früher mal so genannt, kann sich aber keiner daran erinnern, warum und wofür die da sind.

Meine heutige Herausforderung bestand nun darin, meinen Schwiegervater, mein Auto und mich in einer Art von Survivaltour heil durch Burtscheid zu bringen, Lebensmittel zu besorgen und schadlos wieder zurückzukommen. Zuerst musste er zum Wochenmarkt und anschließend zum Edeka. Ich versuchte, noch mit meiner Frau zu diskutieren, warum ich denn erst durch die Hölle zum Markt, für 2 Pakete Eier, die es ja auch bei Edeka gibt, fahren muss. Die sind da ja bekanntlich erst mal billiger und es würde ja auch meinem Stresslevel entgegenkommen. Sie versuchte, mich noch zu beruhigen: „Mein Vater ist aber der Meinung, die seien dort frischer". Na, wenn die Hühner das wüssten, wären die aber verdammt stolz drauf. Ich ergab mich also dem Schicksal, packte Hans ins Auto und begab mich in Richtung Markt. Kurz vor dem bunten Treiben befindet sich ein kleiner Parkplatz mit gefühlten drei Parkbuchten, auf dem schon des Öfteren Platzkämpfe um die beliebten und leider nur sehr wenigen Fahrzeughorte stattfanden. Wie üblich konnte ich keinen freien Platz erspähen, als mein Schwiegervater plötzlich meinte, er könne ja schnell aussteigen, während ich hier dann auf ihn warten konnte. Nun, so war mein Plan jedoch nicht und während ich noch sagte, ich halte dort hinten erst mal an, schlug die Beifahrertür schon wieder zu. Er war weg. Ich fuhr sprachlos weiter. Ohne Beifahrer. Während der Fahrt ausgestiegen. Ich sah ihn noch im Rückspiegel davoneilen, in Richtung Eiermann. Zwischenzeitlich hatte eine ältere Frau mit Rollator wohl offensichtlich vor, auf meiner Motorhaube Platz zu nehmen, um ein paar Luftzüge bleihaltigen Sauerstoffs zu inhalieren. Durch Betätigen meiner Bremsen kam ich dann kurz vor ihr zu stehen. Das freundlichste Wort war „Rüpel". Ich versuchte weiter, einen der begehrten Plätze zu ergattern. Dies gelang mir dann schließlich und bevor ich aussteigen konnte, sah ich auch schon die Silhouette meines Schwiegervaters um die Ecke erscheinen. Wie hat er das in der Kürze der Zeit nur wieder vollbracht, dieser Fuchs. Vorsichtig lud ich die wertvolle Fracht ein, also die Eier, und deponierte sie sehr behutsam. Die sollten ja auch nicht kaputt gehen, dann würde ich heftigen Ärger bekommen. Nun wandte ich mich dem älteren Herrn zu. Ich erklärte ihm noch einige Regeln, die auch für Beifahrer gelten, setzte ihn auf seinen Platz und fuhr Richtung Edeka. Auf dieser Fahrt durfte ich dann mit Spannung zusehen, wie die eifrigen, orangefarben gekleideten Bediensteten der Stadt Aachen ihre Arbeit verrichteten und die am Straßenrand lieblos abgestellten und total überfüllten Mülltonnen in das zu beladende Gefährt beförderten. Überholen ist ja aus erwähnten Gründen nicht möglich. Nach dem schier endlos erscheinenden Weg bog der Müllwagen rechts ab und ich konnte wieder etwas mit meinem Gaspedal anfangen, fuhr also geradeaus weiter. Es ging auch 200 Meter gut, dann stand ich aufs Neue vor so einem Gefährt. Diesmal andersrum, mir entgegenkommend. Ich brauche ja nicht zu erwähnen, dass nicht nur Überholen sinnlos ist, sondern auch das Vorbeifahren an einem Großfahrzeug in entgegengesetzter Richtung. Durch Betätigung des Rückwärtsganges habe ich die 20 Meter noch mal gesehen. „Heute ist Müll", meinte Hans. Ach ja, interessant! Nach einer gefühlten Stunde im Edeka angekommen, (Markt Edeka ca. 1 Kilometer Luftlinie vom Wochenmarkt entfernt) suchte ich dann wieder einen Parkplatz. Nein, eigentlich 2, nebeneinanderliegend, denn man muss wissen, sobald ich mich in der Parkbucht befinde und der Motor noch läuft, ist die Beifahrertür bereits geöffnet, und zwar total, mit Schwung, egal wer oder was sich daneben befindet. Links neben der Einkaufswagenstation sehe ich einen freien Platz, den ich zielsicher ansteuere. Da kann er keinen mit der Tür erschlagen und ein Auto kann er ebenfalls nicht zerstören. Nur eventuell die Station. Sodann fahre ich also dort hinein und höre schon ein verdächtiges Geräusch, welches mich erahnen lässt, dass sich nun einzelne Farbpigmente meines edlen Lackes wohl nun auf der seitlichen Stoßstange der Einkaufwagenbox befinden müssten. Ich schaue kurz nach -

und Gott sei Dank, keine Farbübertragung - und die Beule lässt sich ja auch wieder leicht in Form bringen.

Wir betraten den Supermarkt. Er mit Einkaufswagen, ich ohne Nerven. Eine denkbar ungünstige Konstellation, denn er ist nicht nur ein schlechter Beifahrer. Ich will nämlich nicht der Einkaufswagen sein, den er steuert, und er lässt sich diesen ja auch nicht aus der Hand nehmen. Gleich am Anfang gibt er sich schelmisch und entwendet einem Kunden, der gerade dabei ist, seine gekauften und soeben bezahlten Artikel wieder in seinen Einkaufswagen zu legen, eben diesen selbigen. Die Zeitung, die der Kunde in diesem Moment verladen wollte, landet auf dem Boden. Waren Gott sei Dank keine Eier. Ich hob die Zeitung schnell auf und bemerkte schon den steigenden Aggressionspegel bei diesem Mann aufkommen. Er dreht sich zu meinem Schwiegervater und sieht ihn zornig an. Doch siehe da, keine Schlägerei. Im Gegenteil. Die kennen sich offensichtlich. Das Gesicht des Kunden wechselt in Sekundenschnelle von zornig gefaltet auf freundlich geglättet. „Hallo Hans", „Hallo Willi", „Na, Hans, wieder Unsinn im Kopf?" Natürlich, was sonst. Mich schämend trabte ich weiter hinter ihm her. Merkwürdigerweise schien er die gesamte Kundschaft zu kennen. Gut, Burtscheid ist klein. Aber ich wusste nicht, war er der nette Nachbar von nebenan oder der Dealer ihres Vertrauens? Ich versuchte, mich etwas zurückzuhalten und besorgte, ich war ja einmal hier, ebenfalls noch so einige Kleinigkeiten. Auch nicht einfach, denn jedes Mal, nachdem ich etwas gefunden hatte, ging ich auf die Suche nach dem Einkaufswagen - und Hans. Jetzt weiß ich, wo meine Frau diese Inkoordination herhat. Auf einmal sah ich ihn suchend vor einem Regal mit Brotaufstrichen. „Was suchst du denn gerade?", fragte ich. „Kennst du nicht", entgegnete er schnippisch. Nach 5 Minuten immer noch die gleiche Szene. So fragte ich abermals. Keine Reaktion. Sein Körper beugt sich nach unten, immer tiefer sich bückend, auf das Bodenblech zu, Erdbeermarmelade greifend. Er wandte sich mir zu und meinte: „Siehst du? Das habe ich gesucht!" Ach so, Erdbeermarmelade. Habe ich vorher noch nie gehört, dass es so etwas gibt! Nach dieser spaßigen Tour ging es langsam Richtung Kasse. Ich stellte mich schon mal links an und beförderte die ersten Sachen auf das Band. Doch irgendwas inspizierte oder suchte er noch aufmerksam. Er beobachtete genau die auf den jeweiligen Kassenbändern abgestellten Waren. Er schien eine Analyse zu erarbeiten, wo es am schnellsten geht. Ja, klar, Rentner haben ja auch bekanntlich keine Zeit. Da hörte ich ihn schon rufen: „Komm nach hier, hier geht es schneller". Die hinter ihm stehende junge Dame meinte noch zu sagen: „Hey Opa, hast dich vorgedrängelt" Deeskalation ist wieder angesagt. Schnell holte ich die bereits abgestellten Artikel vom Band, obwohl ich hier fast dran gewesen wäre, eilte schleunigst zu ihm hin, entschuldigte mich noch bei der Dame hinter ihm mit den Worten: „Der ist harmlos, der will nur spielen." Wieder beförderte ich die Sachen auf das Förderband. (Die schweren Artikel nach vorne, klar). Man muss Hans halt kennen, sonst geht es nicht. Er meinte noch: „Die Kassiererin kenne ich, die ist immer sehr schnell". „Ja aber…" „Nichts aber". Gut. Wollte nur sagen, dass, wenn die Kassiererin genauso schnell ist, wie sie guckt, werden wir Probleme mit dem Ablaufdatum haben. Ich habe es sein gelassen. Ich hätte der jungen Frau hinter uns noch erklären können, dass es hier etwas dauern wird, denn natürlich hat Hans auch für einen Kassiervorgang noch einige Rituale auf Lager. 48,88 Euro fragt sich die Dame an der Kasse höflich und legt sich schon mal ganz entspannt zurück, als wolle sie in den vorgezogenen Winterschlaf versinken. Sie wusste ja, was kommt, man kennt sich ja. Gemütlich legte mein Schwiegervater die Sachen noch sorgsam in den Wagen, ja er sortiert sie förmlich. Langsam und behutsam wird nach der Geldbörse gegriffen, die sich wohl augenscheinlich in seiner hinteren Hosentasche befinden sollte. „Verdammt, wo hab´ ich denn jetzt mein Portemonnaie gelassen?" Denn er griff ins Leere. Er tastete sich selbst ab und wurde schließlich in seiner Jackentasche fündig. Die Kassiererin fragte noch aufmerksam zur Aufheiterung oder ihrer eigenen Einschläferung vorbeugend: „Na, Ihre Tochter heute nicht dabei?" „Nein, nur mein Schwiegersohn" antwortete er ganz trocken. Nur! Mein Motivationslevel stieg unaufhaltsam. Jetzt zückte Hans die Geldscheine, aber bevor die Kassendame hier zugreifen durfte, -und sie wusste das- kommt noch das Kleingeld dran. Er hasst Münzen und möchte gerne davon so viel wie möglich wieder loswerden. Dies befindet sich immer vorne in seiner Hosentasche. Er griff beherzt hinein und zum Vorschein kam - man ahnt es kaum - Rotgeld. Auch hier sollte die Kassenkraft noch in Starre verharren, denn Zählen tut er immer noch selbst.

Es dauerte ein wenig, doch jetzt fing es langsam an, Spaß zu machen. Es kamen nur 81 Cent zusammen. So wanderten diese wieder in seine Hosentasche, und er zückte etwas grimmig dreinblickend noch einen 10 Euro Schein. Mit etwas gewürzten Schalk im Nacken erwähnte ich hierbei noch, ob sie den Rest in Rotgeld zurückgeben könne, dann habe er beim nächsten Mal genug dabei. Wenn Blicke töten könnten, hätte ich es zu diesem Zeitpunkt hinter mir gehabt. Es wären 3 potenzielle Mörder da gewesen: Schwiegervater, die Kassiererin und die Dame hinter mir. Wir gingen weiter zur Packstation, wo er dann seine fünf Tragebeutel zum Vorschein brachte. Auch hier musste ich zusehen, nämlich jedes Teil kam in die dafür vorgesehene Tasche. Na, wenigstens kann ich die dann alle zum Auto bringen. Den Einkaufswagen befördert er selbst zurück, denn sein Chip ist sein Heiligtum. Der darf nicht wegkommen. Zu Hause angekommen wurden wir schon von unseren Frauen sehnsüchtig erwartet. „Na, hat es Spaß gemacht?", wurde ich von meiner Frau gefragt. Sie hat halt einen etwas derben sarkastischen Humor. Ich antwortete nicht. Auch wir zwei fuhren dann nach einiger Zeit wieder heim und ich begann, mit Frau Alex über das heute Erlebte zu sprechen. Die hatte wenigstens Verständnis.

## 8. Stauben

Der neue Tag brach an, es war Samstag, heute keine Bestrahlung. Wir erwarteten am Abend Gäste und immer, wenn wir Besuch bekommen, muss unsere Hütte auf Vordermann gebracht werden. Heute hatte meine Frau ja Hilfe und ich bat gnädig um Anweisungen. „Alles abstauben" lautete die wie aus einer Pistole geschossenen Antwort. Ich bekam noch einen sogenannten Zauberlappen, welcher angeblich den Staub durch unsichtbaren Magnetismus magisch anziehen soll. „Praktisch" sagte ich, „dann stelle ich mich jetzt in die Mitte des Zimmers, dann sollte ja eigentlich der Staub auf mich zukommen". Ich wurde nun noch einmal auf die Ernsthaftigkeit der zu verrichtenden Arbeit hingewiesen mit den mahnenden Worten: „Du gehst jetzt in jede Ritze!" „Au fein", erwiderte ich, „damit dürfte ich kein Problem haben". Unwirsch schaute sie mich an: „Ich kontrolliere das".

In diesem Fall war das jetzt ausgesprochen blöd. Sie kontrolliert genau. Und sie kennt in diesem Haus nun wirklich alle Ecken und Kanten, und eventuell auch Ritzen. Ich begann, mir einen Plan zu machen, und sie verschwand zum Einkaufen. Ach, dachte ich, war das etwa vorgestern nicht gut genug? Und als ob sie meine Gedanken lesen könnte, kam es noch über Ihre Lippen „Ich will ja heute noch fertig werden". Nun, dachte ich, ich bin zwar langsam, aber gründlich. Mir war nach homogen aufeinander abgestimmten Harmonien, samtig weichen Stimmen, wohldosiertem Rhythmus in Verbindung mit himmlischen Melodien und wohlklingenden musikalischen Hochgenüssen zeitgenössischer Kunst. Ich fragte also Frau Alex, ob sie mir nicht mal etwas von AC/DC auf lautestem Level zu Gehör bringen könnte. Das ging ohne Probleme und die „Hells Bells" waren der Startpunkt für mich. Unsere Katzen bemerkten nun sehr schnell, dass jeder andere Platz in unserem Haus für Ihre Ohren wohl besser wäre. Sie beäugten mich noch einmal kurz ganz blöd - anders können die sowieso nicht - und eilten flugs in den Keller. Jetzt hatte ich das Wohnzimmer für mich. Ich begann damit, das Staubtuch mit heißem Wasser so zu befeuchten, dass es triefend vor sich hin nässte. Jetzt musste ein System her und so einigte ich mich mit mir darauf, an einer von mir definierten Ecke im Uhrzeigersinn an den Wänden entlang bis zum Ausgangspunkt, und von dort aus in Richtung Mitte zu gehen. Meine Arme fingen an, sich im Rhythmus der

Musik zu bewegen. Normalerweise wäre von nun an alles im Lot gewesen, doch ich begriff rasch, was meine Frau mit Ritzen meinte. Bis auf unseren Flachbildschirm und den Fensterscheiben ist bei uns absolut nichts glatt. Alles hat Ecken, Kanten, Furchen, Einfassungen, Löcher und eben diese Ritzen. Das führte zu einer kleinen Verzögerung der von mir festgelegten zeitlichen Abfolge. Dieser Schwamm, also das Staubtuch kam auch in die meisten Vertiefungen gar nicht rein. Ich hatte zudem keinen Bock, jetzt noch den Hochdruckreiniger aufzubauen. Aber ich arbeite in einem Baumarkt, und so ist mir ja bekannt, dass man Staub auch mit einem starken Gebläse herausholen kann. Laubbläser? Nein, macht zu viel Krach. Föhn? Warum nicht, aber - warum heißt der Staubsauger eigentlich Staubsauger? Eben, er saugt Staub in seinen Beutel. Gedacht, getan. Es geht weiter. Einige Sachen wurden mit dem Tuch gereinigt, andere besaugt, bzw. entsaugt. Zum Schluss wurden dann noch der Bildschirm und die Fenster mit dem Tuch bearbeitet. So, fertig! Bin sehr stolz auf mich und meine Frau wird es auch sein. Da hörte ich soeben doch das Auto meiner Frau auf unsere Einfahrt fahren, also eilte ich nach draußen, um ihr beim Auspacken zu helfen. „Und, alles sauber?", fragte sie mich. Natürlich, alles tippi toppi. Sie meinte dann noch: „Verdammt, ich habe die Staubsaugerbeutel vergessen, wir haben keine mehr in unserem Sauger!" Oh, entgegnete ich in weiser Voraussicht deeskalierend, da hättest du mal vielleicht einen Profi schicken sollen. Bis zum Eintreffen des

Besuchs sind uns dann wohl die Themen ausgegangen. Und Stauben musste ich ebenfalls neu. Ohne Beutel ist auch der beste Staubsauger sinnlos.

## 9. Schränke kramen

Der stetige und konstante Aufenthalt zu Hause brachte mich manchmal auf ganz eigenartige Ideen. Klar, ich stellte einiges fest, wo ich mir sonst keine Gedanken gemacht hatte. Neben meinen „Großprojekten" widmete ich mich auch ganz alltäglichen Dingen, die so nebenherlaufen. Das konnten auch schon mal einige Reparaturen sein, die seit Jahren auf unserer To-do Liste standen. Oder das Installieren von beispielsweise altersgerechten Softskills, wie einer Lampe in unserem Carport. Der war meiner Frau am Abend nämlich immer zu dunkel.

Aber nun zum Thema. Nehmen wir jetzt z. B. mal das Ausräumen der Geschirrspülmaschine. Wo kommen die ganzen Sachen eigentlich immer hin. Wenn sie wieder sauber sind? Für die meisten Dinge gibt es ja die sogenannten Schränke, die für viele, bislang auch für mich, nur zur dekorativen Wohnungsausstattung gehörende Abstellflächen sind. Beim Ausräumen der Spülmaschine stellt sich dann immer die Frage, welches Teil wohin? Bei den letzten Tätigkeiten dieser Art bin ich da ganz pragmatisch vorgegangen und machte das nur davon abhängig: Wo ist eigentlich noch Platz? Wahrscheinlich fingen deswegen die Sätze meiner Frau in letzter Zeit immer mit: „Wo ist eigentlich..." an. Und irgendwann wurde es dann auch mit dem Platz eng. Es blieb mir wohl nichts anderes übrig, als alle Schränke komplett zu leeren und die sich darin befindlichen Teile auszuräumen. Ich begann, unser gesamtes Inventar auf unseren Esstisch zu platzieren. Bald war der überfüllt und ich musste auf den Wohnzimmertisch ausweichen. Aber auch der war irgendwann mal voll und die Schränke lange nicht leer. Es blieb nur noch der Boden und der ist groß genug. Mittlerweile war ich beim letzten Schrank angelangt und ich machte mal eine Bestandsaufnahme. Oder Inventur, wie ich das bei uns im Betrieb nenne. Was ich nun in unserem Zimmer feststellte, konnte man jetzt untertrieben gesagt auch mit Chaos bezeichnen. Derweil hat sich eine unsere Katzen vor unsere Terrassentür positioniert. Meistens will sie rein, macht dies aber nicht durch ein normales anklopfen deutlich, wie das jeder normal denkende Mensch zu tun pflegt. Nein, diese Katze ist anders. Meine Frau nennt sie Sunny. Ich rufe sie UFO, das steht für „unheimlich fettes Objekt", was an ihrer anatomischen Veranlagung liegt. Sie hat es immer eilig und macht dies durch konstantes Kratzen am Holzrahmen der Türe deutlich, wenn sie nach drinnen will. So auch jetzt. Der Weg zur Terrassentür war schwierig, der Inhalt der Schränke hatte alles verbaut. Trotzdem erreichte ich das Ziel und bat „UFO" höflich hinein. Sie betrat das Zimmer, aber ihr ratloses Gesicht wollte sagen, hier stimmt was nicht. Fragend schaute sie mich an und bevor ich ihr die Sachlage erklären konnte, trabte sie zum Tisch und setzte zum Sprung an. Wie eine Feder hob sich ihr fetter Körper in die Luft und bewegte sich elfengleich in Richtung Tischplatte. Unverständlich, aber eine Hummel kann theoretisch aus physikalischen Gesetzen auch nicht fliegen, tut es aber trotzdem. Die ansonsten gut einstudierte Landung erwies sich als schwierig, denn sie bemerkte zu spät, dass eine freie Landefläche nicht zur Verfügung stand. Zudem ist sie sich selbst nicht über ihr Körpervolumen im Klaren, daher ist es nicht verwunderlich, dass durch die unvermeidliche Berührung der Tischplatte diverse andere gläsernen Teile einen Platztausch vornehmen mussten. Richtung Boden. Auch UFO musste einen Platztausch vornehmen, und zwar nach draußen. Ich sagte ihr noch „Lebe wohl" und ging dann wieder an die Arbeit. Unsere zweite Katze ist da ganz anders. Meine Frau nennt Sie Shila. Ich auch. Denn wenn man das anders schreibt, ist ihr Name Programm. Sie schielt nämlich. Meist liegt sie im Körbchen und schaut ab und zu mal vorbei. Nachdem ich dann die Scherben wieder eingesammelt hatte, ging es weiter und ich suchte nach einem System, wie ich den freigewordenen Platz nun optimal nutzen konnte. Da ich sehr pragmatisch veranlagt bin, überlegte ich, ob ich die Sachen nicht einfach unserer Größe anordnen sollte. Durch meine Körpergröße von 193 cm kann ich doch die Teile, die ich öfter benötige nach oben stellen. Meine Frau ist da etwas kleiner und so kommt sie an die Gläser z. B., die sie häufiger benutzt auch besser dran. Also die Wein- und Biergläser nach oben und die Saftgläser nach unten. Diese Idee fand ich gut und so begann ich damit, das Geschirr unserer Größe und Benutzungssystematik zu sortieren. Das Ergebnis begeisterte mich ebenfalls, zwar gewöhnungsbedürftig, aber ich war der Ansicht, man konnte sich daran gewöhnen. Es sah sogar etwas Leerer aus, was aber auch an dem beherzten Eingriff unserer Katze zu verdanken war. Das Gleichgewicht war auch nicht mehr so gegeben, da die Schränke unten jetzt voller waren als oben. Das System schien auch nicht in jedem Fall geeignet zu sein und so musste ich mir für den Vorratsschrank etwas anderes einfallen lassen. Mit diesem Schrank hatte ich schon immer Probleme, denn wenn ich hier etwas finden wollte, benötigte ich viel Zeit. Meine Idee war, das Alphabet zu Hilfe zu nehmen. So wären die Allzwecktücher demnächst oben links und der Zwetschgensaft unten rechts zu finden. Gesagt getan. Das Ergebnis fand ich umwerfend. Na gut, ist jetzt auch nicht gerade sinnvoll das zwischen Kondensmilch und Konfitüre mal was anderes liegt - oder steht - was nichts mit Lebensmitteln zu tun hat. Aber man findet es halt. Gegen Mittag war ich fertig und ich musste wieder zur Bestrahlung. Leider konnte ich meine Frau nicht vorwarnen, aber sie wird schon klarkommen, dachte ich. Lächelnd kam ich nach meiner Bestrahlung gegen 17 Uhr wieder heim. Frau Alex:

„Spiele Musik für einen Verstrahlten". Mit freudiger Spannung erwartete ich das begeisterte Feedback meiner Frau. Die Begrüßung fiel noch sehr höflich aus, dann sagte sie: „Ich gebe dir genau 1 Stunde, dann steht alles, aber auch wirklich alles wieder an seinem alten Platz. Frau Alex, stelle den Timer auf 1 Stunde!" Frau Alex sagte:"60 Minuten ab jetzt". Und, Frau Alex: „Mach endlich die dämliche Musik aus", ergänzte sie schnippisch. Ha, komisch die Frauen, erst wollte sie nichts mit Frau Alex zu tun haben und jetzt halten die auch noch zusammen. Schade, es lief gerade Radioaktivität von Kraftwerk.


## 10. Gartenarbeit


Das Wochenende war vorbei, eine neue Woche voller Tatendrang wartete auf mich. Das Wetter war spätsommerlich schön, was ja zunächst einmal nicht schlecht gewesen wäre. Wäre da nicht unser Garten. Als ob ich es schon vorher geahnt hätte, sagte meine Frau beim Frühstück nur ein Wort: „Gartentag". Auch das könnte eigentlich einen positiven Beigeschmack haben, aber sie sagt dieses Wort in der Regel halt nicht, um faulenzen anzukündigen. Nein, es hat etwas mit Gartenarbeit zu tun. Harte Gartenarbeit. Ich vergewisserte mich noch einmal bei Frau Alex, ob heute nicht doch ein wenig Niederschlag in Aussicht stand, aber nein, diesmal sollte sie recht haben. Kein Tropfen Regen. Ich sollte also mit Rasen mähen anfangen und später wartete dann noch eine kleine Überraschung auf mich. Auch hier könnte man sich normalerweise freuen, aber ich weiß ja, was es mit Überraschungen im Garten auf sich hat. Gut, also erst mal den Rasenmäher aus dem Gartenhaus geholt. Rasen mähen ist eine Gartenarbeit, die ich ja auch eigentlich noch gerne mache. Also starten wir mal. Benzinmäher. Einmal, zweimal, dreimal……achtmal. „Du Schatz, ich glaub wir müssen noch Benzin kaufen!", rief meine Frau. „Danke" erwiderte ich. Bislang sah ich noch alles positiv, ich musste sowieso heute auch mein Auto volltanken. Also rein ins Fahrzeug und ab. Zu Hause wieder angekommen, fütterte ich erst mal unseren Mäher mit Benzin. Starten...und? Nichts. Gibts doch nicht. Bin ich schon total fertig, bevor ich überhaupt anfange? Meine Frau meinte dann zu bemerken, dass es bei dem letzten Mähen wohl auch schon Probleme gab. Nachdem dann die Zündkerze wieder sauber war, ging es dann endlich los. Dachte ich. Bevor ich mich mit meinem Mäher auf den Weg durch den Garten machen konnte, hatte meine Frau noch eine Anweisung für mich. Hinter unserer Rasenfläche, ebenerdig steht noch so ein fiktives Beet, welches ich eigentlich nie als ein solches bewusst wahrgenommen habe. Mit Pflanzen habe ich so meine Probleme. Für mich ist da alles gleich, und ich weiß, da ich ja in einem Baumarkt mit einem Gartencenter arbeite, sehen das viele Männer genauso. Der Unterschied von Pflanze zu Unkraut erschließt sich mir nicht. Da sieht alles ziemlich gleich aus. Also erhielt ich noch eine Einweisung in Pflanzenkunde, die ich geduldig über mich ergehen ließ. Jedoch muss ich sagen, dass ich da nicht viel verstanden habe, und so gab ich nach dem ausschöpfenden Vortrag noch kurz ein Feedback: "Du meinst also mit anderen Worten, grün muss gehen, bunt bleibt stehen?" „So in etwa" meinte sie, verschwand wieder und lies mich ratlos zurück. OK dachte ich, viel falsch machen kann ich ja nicht. Der Auftrag bestand darin, dass im Beet befindliche Unkraut von den vorhandenen Pflanzen zu entfernen. Dies konnte mithilfe eines Gartentrimmers und des Mähers erledigt werden. So fing ich also mit dem auf der linken Seite befindlichen Strauch an (eine flache Konifere, wie ich später erfuhr) und arbeitete mich nach rechts durch. Für den brauchte ich allerdings schon eine Kettensäge, war etwas dicker. Alles Bunte wurde von mir gemieden und nach einer guten Stunde war ich durch. Endlich konnte ich mich dem Rasen widmen, da konnte ich nicht viel verkehrt machen. Außerdem kann man dabei mal den Kopf freibekommen, was in meiner Situation ebenfalls nicht verkehrt ist. Es ist extrem wichtig, die Gedanken, die einem ja immer zugegen sind, einmal neu zu ordnen, und ich kann nur jedem empfehlen, dass Arbeit an der frischen Luft am besten dazu geeignet ist. Stolz konnte ich nach einer weiteren Stunde das Ergebnis präsentieren und bat meine Frau zur Inspektion. Ich präsentierte den Rasen und zeigte mit Begeisterung in meinen Augen auf das schöne Beet. Gespannt erwartete ich das Lob und hörte sie sagen: „Du hast doch nicht etwa den ...Strauch (Konifere) abgeschnitten???" „Aber der war doch grün?" Na gut, ein wenig Schwund ist immer. Das war aber auch nur meine Meinung. Nachdem die rote Farbe aus Ihrem Gesicht wieder der normalen Gesichtsfarbe gewichen war und die Stimmlage die normale Dezibelstärke erreichte, kam es jetzt noch zu der Sonderaufgabe. Angeblich konnte ich hier nun wirklich nichts falsch machen. Es verhält sich so: In jedem Jahr findet bei uns mindestens einmal eine sogenannte Pflanzenwanderung statt. Das bedeutet, dass eine bestimmte Pflanze von Punkt A nach Punkt B umgepflanzt werden muss. Was das für einen Sinn macht, und ob der Pflanze das überhaupt gefällt, kann ich nicht sagen. Jedenfalls war dies genau die Aufgabe, die ich am meisten hasse. Und als ob es nun um eine Strafarbeit ginge, suchte sich meine Frau für dieses Mal ein ganz besonderes Exemplar aus. „So dann, viel Spaß, ich bin weg" meinte sie.

Ich bewaffnete mich mit Spaten, Schaufel, Hacke und setzte den ersten Spatenstich an. Fehlanzeige, hier war noch die Wurzel. Also ein Stück weiter. Komisch, auch hier noch Wurzel. Nach einem Meter wurde ich fündig und konnte meinen Spaten geschmeidig in den Boden einrammen. Da möchte ich mal einen Vergleich anbringen. Wir kennen doch alle die kleinen weißen possierlichen Teile, die in der Arktis herumschwimmen. Eisberge. Jene merkwürdigen Wesen, die untenrum, also unter Wasser mindestens 5x so groß sind wie über der Wasserfläche. Da will ich jetzt gar nicht untertreiben, aber hier hatte ich es wohl mit einem besonders gewaltigen Eisberg zu tun. Normalerweise sollte man für solch ein Unterfangen einen Bagger zu Hilfe nehmen, aber ein solcher befindet sich nicht in meinem Sortiment. Also Handarbeit. Der Krater, der so langsam entstand, war gewaltig. Die Wurzel, die so sichtbar wurde, war es ebenfalls. Diese wollte kein Ende nehmen und hatte ihre Krallen auch noch tief in die Erde eingeführt. Aber das sollte nicht das Hauptproblem sein. Viel Volumen ist ja bekanntlich auch mit viel Gewicht verbunden. Man kann ja mal versuchen, das Teil zu bewegen, geschweige denn herauszuheben. Das sieht schon sehr merkwürdig aus: Da stehst du vor so einem kleinen Teil und kriegst es nicht hoch! Und mit dieser Erkenntnis musste ich jetzt leben. Nicht nur die Ideen gingen mir aus, sondern auch die Zeit. Ich hatte ja noch was vor, denn ich musste zur Bestrahlung. Dort angekommen erkundigte man sich sofort nach meinem Zustand, ich würde schlecht aussehen, ob ich die Therapie denn auch vertragen würde.

„Die Bestrahlung ist super" sagte ich, die könnte ich den ganzen Tag über mich ergehen lassen!

## 11. Gartenarbeit die 2.

Auch am nächsten Tag gab die Wetterprognose nichts anderes vor. Ich war draußen ja noch nicht fertig und hatte noch die schwierige Aufgabe, meinen sogenannten Eisberg zu versetzen. Meine Frau war schon früh zur Arbeit und ich konnte mir so meine Betätigung selbst einteilen. Aber dieser blöde Klotz da draußen kam erst gar nicht auf die Idee, seinen Umzug in eigener Regie zu organisieren. Das musste ich dann wieder in die Hand nehmen. Ich ging nach draußen und bemerkte, dass weder am Volumen noch am Gewicht eine Änderung vonstattengegangen war. Also wie gehe ich vor? Die Spitzhacke könnte mir da gute Dienste leisten. Ich stellte mir also vor, das Teil ist mein Chef und ich haute drauf los. (Nichts gegen meinen Chef, ganz im Gegenteil, aber es ging merklich leichter). Nach einer Stunde der massiven Gewalteinwirkung wollte ich dann doch wissen, ob sich da irgendwas getan hat. Und siehe da, es bewegte sich immer noch nichts. Da ich momentan keinen Sprengstoff zur Verfügung hatte, blieb mir nichts anderes übrig, als mir gedanklich ein neues Opfer einfallen zu lassen und weiter zu hauen. Sorry, Chef, aber mir fällt da justament kein weiteres ein. Doch auch die nächste Stunde brachte kein Ergebnis. Egal was ich tat, ziehen, drücken, heben, ja sogar meine telepathischen Kräfte waren hier wenig hilfreich. Völlig entkräftet, erschöpft und verdurstet, schleppte ich mich zurück in die Wohnung. Jetzt ein Kaffee, ich hatte ja heute noch keinen. Ist mir heute Morgen völlig durchgegangen. An der Kaffeemaschine hing ein Zettel. Neue Anweisungen meiner Frau? Nein, folgender Wortlaut: Guten Morgen Schatz, brauchst nicht weiter im Garten zu machen, unser Garten-Landschaftsbauer kommt heute Abend mit dem Bagger und setzt den Strauch um! „Frau Alex, Spiel mir das Lied vom Tod!"


## 12. Keller aufräumen


Ich denke, das kennt man. Jeder hat wohl irgendwie seine Leichen im Keller versteckt. Bei den meisten ist es so, dass entweder im Keller oder auf dem Speicher das absolute Chaos herrscht. Fast ähnlich bei uns. Allerdings mit dem Unterschied, bei uns ist es der Keller und der Speicher. Während ich hier nicht näher auf den Speicher eingehen will, da hilft nur noch ein großer Container oder

Sprengstoff, beschränke ich mich hier alleine auf den Keller. Da ist jemand mit Organisationstalent und mit Durchblick gefragt. So fragte ich mich natürlich, was soll ich denn hier eigentlich. Beschränken wir uns mal darauf, ein wenig Ordnung zu schaffen. Zumindest so, dass man auch mal was findet, wenn man was sucht. Ist es nicht immer so, dass man dringend mal eine ganz simple Sache sucht, meint zu wissen, wo es ist, und sucht sich dann einen Wolf? Und dann, wenn man mal 2 Wochen später in den Keller geht und etwas anderes sucht, dann findet man das Teil, was man vorher benötigte, und was man dann im schlimmsten Fall bereits ein weiteres Mal käuflich erworben hat. Wenn ich daran denke, was man ein Geld sparen kann, wenn man durch Ordnung diese Sachen im Griff hat. Da muss ich mich zu meiner Schande auch selbst anklagen, denn ich habe hin und wieder so eine schlampige Art an mir. Will sagen, im Grunde genommen habe ich das Chaos selber angerichtet. So steht dieses Projekt schon länger auf meiner imaginären To-do Liste, was aber mangels Zeit immer auf der Strecke geblieben ist. So wollte ich mich heute dieser überfälligen Arbeit annehmen. Aber was verstehe ich jetzt unter Keller? Unser Keller besteht insgesamt aus 4 Räumen und einer Treppendiele. Es handelt sich um einen Waschraum, ein Gästezimmer, mein Musikzimmer und halt... der Kellerraum des Grauens, die Kammer des Schreckens, also quasi das schwarze Schaf unter den Räumen. Oder wie ich ihn nenne, den Wurfraum. Nicht zu verwechseln mit dem Kreißsaal, der sich im Klinikum ebenfalls im Keller, oder dem „Untergeschoss" befindet, und den ich täglich auf meinem Weg zur Bestrahlung sehe. Von außen natürlich. Mit Wurfraum meine ich Folgendes: Man hat irgendein Objekt oder einen Gegenstand, den man irgendwo abstellen will, aber keinen anderen Ausweg, als den Keller hat. Man geht also nach unten, öffnet die Tür, bekommt einen Schock, da es keine Möglichkeit gibt den Raum zu betreten, folglich wirft man das Teil einfach dort hinein und sieht es irgendwo in den unendlichen Weiten des Raumes landen und entschwinden. Dann schließt man die Türe und hat das Ganze auch schon wieder vergessen. Doch irgendwann ist dann kein Landeplatz mehr da, und das war jetzt. Nach welchem Prinzip sollte man jetzt aber vorgehen? Zunächst wählte ich das Ausschlussverfahren. Unterteilt für große und kleine Leute macht hier wenig Sinn. Auch das Alphabet hat sich ja nicht bewährt. Wo ich aber nicht dran vorbeikam, war das vollständige Ausräumen des kompletten Raumes. Allerdings war hier ein Problem vorhanden. Da ist die sogenannte „verbotene Zone". Diese besteht aus jeder Menge Kleinutensilien, Dekoartikeln und Krimskrams, was alles, je nach Saison zur Verschönerung unseres Gartens verwendet wird. Da durfte ich nicht dran, da dort wohl eine für mich nicht erkennbare Sortierung jeglicher Artikel vorgegeben sein soll. Und den Stein der Weisen besitze ich nun mal nicht, um hier durchzublicken. Nun gehört es zu meiner Eigenschaft, dass ich mich einer strikten Anweisung schon mal widersetze. Aber auf der anderen Seite handele ich auch sehr vorausschauend. Also fotografierte ich das gesamte Regal Stück für Stück ab, um anschließend beim Verräumen wieder einigermaßen alle Artikel an ihren alten Platz zurückstellen zu können. Schließlich wollte ich die leeren Regale auch mal etwas sauber machen. Gleichzeitig fotografierte ich den ganzen Raum vor meinem Vorhaben und später nach Fertigstellung sollte ein weiteres entstehen, um den Unterschied mal zu verdeutlichen. Also der vorher/nachher Beweis. Eine weitere Abmachung mit meiner Frau bestand darin, nichts in die Mülltonne zu befördern, da sie weiß, dass ich darin immer sehr schnell bin. Auch daran kann man sich halten, muss man aber nicht. Und um jegliches Risiko der Zerstörung auszuschließen, wurden auch die Katzen für heute an die frische Luft gesetzt. Die Planung schien perfekt und ich ging ans Werk. Ich war hoch motiviert und begann, die jeweiligen Sachen zu sichten, zu bewerten, zu ordnen und zunächst auf dem Boden der Treppenhausdiele abzustellen. Man muss es wirklich in den Händen halten, um zu glauben, was man hier so alles findet. Nach einer knappen Stunde bemerkte ich, dass die Diele immer voller wird, auf der anderen Seite der Kellerraum aber nicht leerer. Das konnte ich mir auch schon aus rein mathematischen Gründen nicht erklären.

Der Platz in der Diele wurde langsam knapp und ich war gezwungen, auf die anderen Räume auszuweichen. Nachdem noch zwei weitere Zimmer hoffnungslos überfüllt waren, gelangte ich nun zum heiligen Regal meiner Frau, also wo ich nicht ran darf. Diese Teile setzte ich gesondert und baute die Treppe nach oben zu. Schließlich war der Raum leer. Aber nun bemerkte ich, dass nicht nur die Zimmer und die Treppe voll sind. Jetzt kam auch noch ein sehr persönliches Problem dazu. Dazu muss ich weiter ausholen. Aufgrund meiner Erkrankung und der entsprechenden Bestrahlung ist ein weiteres Organ etwas in Mitleidenschaft gezogen worden. Eines, auf das ich mich bis dahin immer verlassen konnte. Meine Blase. Durch die Behandlung neigt sie dazu, ihrem bisherigen Höchstlevel nicht mehr nachkommen zu wollen. Will sagen, eine gewisse Kraftlosigkeit machte sich bemerkbar. Oder besser gesagt, man hat es schnell zum Hals stehen, bevor einem ein Tränenschwall in die Augen schießt, als hätte man 2 Kilo Zwiebeln geschnitten. Kurz: Man muss ganz schnell ganz viel. Dieser Zustand, bemerkte ich, stand knapp bevor bzw. war eigentlich schon im Gange. Und jetzt will man ganz schnell nach oben die Toilette stürmen und sieht eine zugestellte Treppe vor sich. Panik, Verzweiflung und Frau Alex hat nichts Besseres zu tun, als den Song „How Deep the River Runs" von Joe Bonamassa zur spielen. Gut, ich habe mir ja Blues gewünscht, aber bei der Titelauswahl hätte sie etwas subtiler vorgehen können. Normalerweise würde ich hier mitgrölen, aber es funktionierte nicht. Um das Fass nicht zum Überlaufen zu bringen, musste jetzt alles schnell gehen. Die Treppe leeren und die Sachen wiederum ins Regal. Für den Abgleich mit den Bildern blieb jetzt keine Zeit mehr. Es waren die härtesten 10 Minuten meiner häuslichen Tätigkeit. Irgendwann konnte ich mich der Last entledigen und fühlte mich befreit, aber war ziemlich fertig. Ganz im Gegensatz zum Keller. Das Regal meiner Frau war zwar wieder eingeräumt, irgendwie, war mir allerdings auch egal, das sollte so bleiben. Wichtiger war es nun, eine Trennung herbeizuführen, der Sachen, die man zukünftig benötigen könnte, (Stapel 1) und derer, die man wohl nie wieder brauchen wird (Stapel 2). Diese sollten dann noch von meiner Frau begutachtet werden. Aber irgendwann stellte ich fest, dass Stapel 1 nicht existiert. Vielleicht gerade mal 2 Kartons Weihnachtsdekoration, aber der Rest? Schrott, überflüssiger! Wenigstens in meinen Augen. Aber meine Frau gehört zu der Gattung der Sammler, die in jedem noch so nutzlosem Zeug noch irgendeinen Sinn sieht. Gut, ich bin ja auch noch nicht entsorgt worden, aber trotzdem. So überlegte ich mir, die Stapel anders zu nennen: „Kaputt" und „nicht kaputt". Und siehe da, hier waren die Stapel tatsächlich schon etwas ausgewogener. Um nun etwas Durchblick in dem Chaos zu erlangen, fuhr ich noch schnell zu unserem ortsansässigen Baumarkt und kaufte einige Umzugskartons. Hier könnte ich nun die vorab sortierten Utensilien hineinschmeißen und anschließend beschriften. Unterteilt in Haushalt, Elektro, Deko, Porzellan, Werkzeug, Weihnachten usw., fanden diese Kartons wieder Platz im Regal. Was aber jetzt mit den kaputten Sachen? Auch hier befanden sich die unterschiedlichen Artikel. Porzellan, Blumentöpfe, saisonale Dekoartikel usw. Da ich ja nichts wegwerfen durfte, fanden diese Teile dann ebenfalls in einem Karton Platz. Etwas unkoordiniert und durcheinander, aber man sieht es ja nicht. Hier könnte man ja immer noch aussortieren. Nächstes Jahr oder so. So langsam sah man so etwas wie einen Fortschritt, und die Regale füllten sich wieder. Am Abend konnte ich meiner Frau das Ergebnis präsentieren und entgegen meiner Befürchtung schaute sie wohlwollend auf den Tatort. Alles wie vereinbart. Eine Woche später kommt sie vom Einkauf zurück und überreicht mir 2 Tuben Sekundenkleber. „Für dich" meint sie, „du könntest mal die kaputten Dekoteile zusammenkleben, die brauche ich demnächst für Halloween und Weihnachten, sollte ja jetzt alles sortiert sein." „Ja sollte", dachte ich nur und verbrachte einen weiteren Tag im Keller.

## 13. Backen

Die Tage während meiner Therapie vergingen schnell. Langeweile war ein Fremdwort. Eigentlich fühlte ich mich wohl, trotz einer nicht ganz ungefährlichen Krankheit. Aber immer habe ich versucht das Beste daraus zu machen und jeden schönen Augenblick zu genießen. Beim Thema Genießen kommt mir etwas in den Sinn. Da war ich mit meiner Frau essen, und zwar in einem sogenannten Fast Food Restaurant. Nicht von den ganz Schlimmen, sondern dort, wo man auch schon mal was Frisches wie einen schönen Salat bekommt. Und zum Nachtisch kann man dort Cookies verspeisen. Herrlich! In den verschiedensten Variationen. Ich mag Süßes und diese Köstlichkeiten hier lassen meine Gaumenfreuden zum Hochgefühl der Glückseligkeit ansteigen. Nach dem 5. bin ich satt und wäre ich Raucher, gäbe es jetzt die Zigarette danach. Auf dem Heimweg bereits fingen meine ersten Überlegungen an, so etwas auch selbst zu produzieren. Gemäß dem Motto des Unternehmens, wo ich beschäftigt bin: „Respekt, wer's selber macht". Bereits am Abend fand ich mich im Internet wieder und suchte mir ein Rezept aus. Schon am nächsten Morgen eilte ich in den Supermarkt, um die Zutaten zu besorgen. Fast alles fand sich nach Kurzem in meinem Einkaufswagen wieder. Bis auf Natron. Was ist das eigentlich? Noch nie gehört.

Wenn ich es nicht mit eigenen Augen im Rezeptbuch gelesen hätte, wäre ich der Überzeugung gewesen, es handele sich hier eventuell um eine Zutat zur Herstellung eines Sprengstoffes. Aber zum Backen??? Ich konnte ja fragen, aber ich bin stur und will alles selbst finden. In einem Drogeriemarkt wurde ich dann doch fündig, aber für 80 Cent so ein Aufwand? In eiliger Vorfreude fuhr ich nach Hause und begann mit den Vorbereitungen. Alle Zutaten schön in zusammengestellt und die entsprechende Hardware in Griffnähe. Meine erste Aufgabe bestand darin, Butter und zwei Eier mit jeder Menge Zucker zu verkneten. Hierzu bestückte ich meinen Handmixer mit einem Quirl. Diesen tauchte ich sodann in das Gemisch und gab Vollgas. Im Nachhinein nehme ich an, dass die Schüssel zu klein und die Geschwindigkeit zu hoch war. Wie sonst hätte sich ein nicht unerheblicher Teil der Masse an der Wand wiedergefunden? Also musste ich das Ganze erst einmal wieder in eine größere Schüssel umschichten und etwas Material wieder hinzufügen. Aber für das nächste Mal wusste ich Bescheid. Jetzt mussten 3 Tafeln Schokolade kleingeraspelt werden. In weiser Voraussicht habe ich 4 besorgt, ich kenne mich ja. Schokolade hat bei mir eine sehr begrenzte Lebenszeit. Und tatsächlich schafften es auch nur die gewünschten drei Tafeln in die vorbereitete Küchenmaschine, welche ich vorher mit einem Hackmesser bestückt hatte. Schalter ein und es geht los. Hier war wahrscheinlich der fehlende

Deckel daran schuld, dass wieder die Küchenwand Opfer, diesmal massiven Schokoladenbeschusses wurde. Somit hingen die ersten Cookies im Rohzustand tatsächlich an der Wand. Also...fast, es fehlte nur noch ein wenig Mehl. Ich war versucht, etwas hinzuzufügen und meiner Frau etwas über alternative Backmethoden zu erzählen, aber das wäre zu weit gegangen. Außerdem musste ich die Schokolade wieder von der Wand kratzen, die hätte ja sonst gefehlt. Das Mehl wanderte also in die Schüssel und nach längerem Rühren der gesamten Masse kam der Zeitpunkt, den Herd schon mal vor zu heizen. Der etwas zäh gewordene Teig sollte nun in zwetzschgenförmigen Teilen auf das Backblech gebracht werden. Es war etwas kompliziert, den Teig in Form zu bringen, zudem war es etwas mehr geworden, als gedacht. Das Backblech war leicht überfüllt. Ich errechnete, dass in etwa zwei Bleche voll werden sollten. So schob ich also das erste Blech in den mittlerweile ziemlich heißen Ofen und bat Frau Alex, mir doch bitte in 12 Minuten einen Hinweis zu geben. Die Zeit verbrachte ich mit einer kurzen Chillpause und bat um etwas Rockmusik. Nach dem pünktlichen Hinweis begab ich mich wieder in die Küche, um stolz mein Ergebnis zu begutachten. Es roch gut, aber unter optischen Gesichtspunkten gab es doch noch etwas Luft nach oben. Die zähe Konsistenz hat sich in der Hitze offensichtlich überlegt, sich in eine eher Flüssige zu verwandeln, was dazu führte, dass sich nicht ungefähr 25 kleine Cookies auf dem Blech befanden, sondern nur noch eins, aber dafür ein sehr großes. Okay, dachte ich, dann schneiden wir das Teil einfach in Form, sodass jetzt halt 25-eckige Teile entstehen sollten. Geschmacklich ist da ja kein Unterschied. Beim zweiten Blech mache ich alles besser. Ich formte jetzt nur 12 Teile, ließ was mehr Zwischenraum und befehligte meinem sprechenden Timer, mir nun in 10 Minuten ein Signal zu geben. Und siehe da, Perfekt! Schöne, wohlgeformte und gut riechende runde Backteilchen lachten mich an. Genial. Backblech die Dritte, rein in den Ofen und Chillen. Bei Deep Purples „Smoke on the water" wurde ich dann wach, und der Rauch, den ich vernahm, befand sich nicht auf dem Wasser, sondern kam aus der Küche. Mist, keinen Timer gestellt. Und Frau Alex denkt auch nicht mal mit! Der Ofen war innerlich vernebelt und die Cookies waren zwar diesmal schön rund, aber die Farbe eher dunkel bis Schwarz. Am Abend erklärte ich dann meiner Frau, dass es sich bei diesen Kreationen um sogenannte „Dark Cräckies" handelt. Nach eigenem Rezept. Aber zumindest die anderen haben ihr sehr gut geschmeckt, und es wurde sogar um Wiederholung gebeten. Die Dunklen durfte ich essen. Und ein paar Vögel im Garten.

## 14. Zeit!

Beschäftigen wir uns eigentlich noch mit dem Thema Zeit? Und wissen wir eigentlich noch, diese zu schätzen? Bedingt durch meine jetzige Situation spielt die Zeit eine größere Rolle. Es vergeht alles nur noch im Flug und die letzten Jahre wurden von mir auch wenig bewusst wahrgenommen. Momentan sehe ich das anders. Ich versuche, jede Minute Wert zu schätzen und zu genießen, aber warum muss man erst in eine solche Situation kommen? Es liegt wohl in der Natur des Menschen, die Vergangenheit zu vergessen, sich auf die Zukunft zu konzentrieren und die Gegenwart zu vernachlässigen. In den letzten Wochen habe ich versucht, mich verstärkt auf die Gegenwart zu konzentrieren. Ist mir sogar einige Male gelungen. Aber jede Tätigkeit, die ich getätigt habe, habe ich bewusst ausgeübt und ich kann rückblickend sagen, es hat gutgetan. Machen wir mal einen Stadtspaziergang. Das ist etwas, was ich gerne mit meiner Frau mache, einfach mal durch die Geschäfte schlendern, hier mal schauen, da was Geld ausgeben, zwischendurch ein Kaffee, wieder was stöbern, dann zum Parkhaus. Ich bemerke, vieles geht schon ganz automatisch, und ich merke gar nichts mehr davon. Am Abend ist das Ganze schon wieder vergessen. Zu viel Routine. Also habe ich mir mal einen Tag „freigenommen" (klingt bescheuert), aber ich bin mal allein in die Stadt gefahren. Als kleine Zugabe durfte ich für meine Frau noch ein Medikament in der Apotheke holen. Was habe ich jetzt anders gemacht? Ich habe mich darauf konzentriert, alles ohne Hektik und Zwang, aber bewusst durchzuführen. Zunächst einmal habe ich mir einen Parkplatz außerhalb gesucht und bin mit einem öffentlichen Verkehrsmittel ins Getümmel gefahren bzw. habe mich fahren lassen. So beobachtete ich also mal das Geschehen im Bus. Wie der Zufall es will, befand sich auch eine ganze Schulklasse im Inneren des Selbigen. Sitzend natürlich, was ich wohlwollend zur Kenntnis nahm, schließlich müssen die sich ja auf Ihre Handys konzentrieren. Es war ziemlich ruhig dort, denn eine Konversation fand nicht statt. Wozu auch? Die Kommunikation wurde ins Netz verlegt. Frage mich gerade, ob diese Stille heutzutage ebenfalls in den Schulklassen stattfindet. Die älteren Herrschaften standen daneben, meist auch kopfschüttelnd, und sahen der Fingerakrobatik unserer Jugend gebannt zu. Aber kein Stress, ich reg mich nicht auf und bin ganz entspannt. Ich habe ja Zeit!

In der City angekommen atmete ich kurz, aber bewusst mal durch und ging meines Weges. Es war ein sonniger Spätsommertag und ich war von der Wärme angetan, die die Sonne an diesem Tag noch hergab. Eigentlich schön, aber was ist mit den Menschen hier los? Ich schaute genauer hin und bemerkte nur angespannte und gestresste Gesichter. Als ob an deren äußeren Mundwinkel unsichtbare Gewichte angebracht worden sind. Sieht irgendwie merk(el)würdig aus. Dabei bemerkte ich gar nicht, wie so ein Teenager, auf sein Handy starrend, gradlinig auf mich zuläuft, sodass ein Aufprall unumgänglich wurde. Ich blickte auf ein böses Gesicht und wurde begrüßt. Weiß jetzt nicht mehr mit welchem Tiernamen, aber ich rege mich nicht auf und bin ganz entspannt. Ich habe ja Zeit! Wie konnte ich da auch nur im Weg rumstehen. So versuchte ich nun, weitere Kontakte zu vermeiden, und ging weiter. Ich versuchte es. Jede Menge von den ferngesteuerten Handyzombies und jetzt auch noch, das ist neu, spätpubertierende E-Rollerfahrer. War also gezwungen, Slalom zu laufen. Ich rettete mich in die erste Apotheke und fühlte mich in Sicherheit. Die freundliche Apothekerin fragte mich, was sie für mich tun kann, und ich entgegnete zunächst, ob ich hierbleiben könne. Sie schaute mich fragend an, daraufhin gab ich ihr das Rezept. Dann sah ich die junge Dame für 5 Minuten nicht mehr. Also nahm ich mal bewusst die schönen Medikamente in der nett eingerichteten Apotheke wahr. Lächelnd erwartete ich sie wieder, doch sie kam mit leeren Händen. Bestellen hatte keinen Sinn, und so entschwand ich. Am Ausgang der Apotheke blickte ich noch vorsichtig nach rechts und links, aber die Bahn war frei. Ich konzentrierte mich jetzt mal total auf die Geräusche, kann man ja im Wald echt toll machen,

Vogelzwitschern usw... Kann man auch hier, muss man aber nicht. Schließlich war ich in der Hauptgeschäftsstraße angelangt und da tummeln sich ja bekanntlich die Straßenmusiker. Nichts gegen diese freischaffenden Künstler, das kann hin und wieder auch mal echt schön sein. Hier aber hatte ich es mit einem Medley der unterschiedlichsten Kulturen zu tun. Und zwar gleichzeitig. Will heißen, Panflöte trifft auf indonesische Gamelan Gongs und chinesische Xiao Flöte trifft auf russische Balaika. Frau Alex hatte ich leider nicht dabei. Muss wohl noch erfunden werden. Für unterwegs...oder To-Go, wie man heute sagt. Aber ich weiß jetzt auch, warum die meisten Leute hier mit Kopfhörer herumlaufen. Und als ob das nicht sowieso schon zu viel war, mittendrin dann noch die Stehorgel mit dem Typen, der immer seinen Hut abnimmt, um seine schief sitzende Perücke zu zeigen, wenn er ein paar Cent in seinen Becher geschmissen bekommt. Ich musste dringend das bewusste Hören ausschalten. Aber ich rege mich auch nicht auf und bin ganz entspannt. Ich habe ja Zeit! Da erblicke ich schon die nächste Apotheke. Zumindest dort werde ich wieder freundlich begrüßt und fragte den Bediensteten, ob er etwas hätte, um herunterzukommen. Still zeigt er auf eine abwärts führende Treppe, wo man die Kundentoiletten begutachten konnte. Ich schüttelte mit dem Kopf und händigte ihm das Rezept aus. Aber was soll ich sagen, wieder Fehlanzeige. Mein nächstes Ziel war dann mal ein Café, wo ich die Erwartungshaltung habe, dass man mir einen leckeren Kaffee mit einem mit Sahne gefüllten Windbeutel kredenzen könne. Ich setzte mich bei dem schönen Wetter selbstverständlich draußen hin und dachte mir, heute genießt du den Kaffee und den Kuchen ganz bewusst und langsam. Ohne Hektik. Schließlich weiß ich, dass hier immer sehr feine Köstlichkeiten auf meine kritischen Geschmacksnerven treffen. Bald darauf kamen dann auch schon die von mir bestellten kulinarischen Erlebnisse. Nun hatte ich aber in meinem vorschnellen Eifer eines nicht bedacht. Das Wetter fand nicht nur ich geil. Den Kuchen und die Sahne auch nicht. Die Wespen waren genau der gleichen Ansicht. Ich hasse diese stacheligen Gesellen. Es waren schließlich 5 dieser geselligen Bürschlein zugegen und ich war gezwungen, einige ruckhafte und unkontrollierte Bewegungen durchzuführen. Ich bin ja nicht so perfekt im Breakdance, aber es muss gut ausgesehen haben, denn ich wurde wohl offensichtlich dabei gefilmt. Den Regisseur hörte ich noch sagen, muss ich gleich ins Netz stellen. Ich fragte die nette Bedienung, ob nicht im Inneren des Cafés noch ein Platz frei wäre, wo man nicht der Bedrohung eines Stachels ausgesetzt ist. Sie sagte, ja, aber der Tisch ist besetzt. Ich entgegnete, egal. So wurde ich an den Tisch begleitet. Ein Pärchen. Beide mit Handy, kein Wort kein Blick, nur Fingerakrobatik. Auch egal, ich rege mich nicht auf und bin ganz entspannt und genieße nun in Ruhe meinen Kaffee. Ich habe ja Zeit! Ich verbrachte noch eine Viertelstunde in dem Café und wollte dann bezahlen. Das Pärchen gegenüber verweilte immer noch in Stockstarre, nur die Finger waren in Bewegung, wie batteriebetrieben. Es war nun Zeit, die nächste Apotheke aufzusuchen. Diese fand ich dann auch ziemlich rasch. Beim Betreten überlegte ich allerdings, ob ich dem Apotheker das Rezept überhaupt aushändigen sollte. Er verkörperte so eine Art Hippie, so ein Überbleibsel aus den 70gern. Lange ungepflegte Haare, Pferdeschwanz, oben auf dem Kopf natürlich, kleine Nickelbrille, John Lennon Style, Fingernägel ja, und zwar sehr lang mit irgendwas drunter, 3 Tage Bart aber freundlich. Im Hintergrund höre ich Musik von Jimi Hendrix. Einen Moment fragte ich mich, ob ich hier schon in Holland war, in so einem Coffeeshop. Aber nein, es stand Apotheke draußen drauf. Mit einem Lächeln im Gesicht, quasi wie im Vollrausch fragte er mich nach meinen Wünschen. Also doch gebe ich ihm das Rezept und wollte wissen, ob ich dieses Kraut bzw. die Tabletten hier erhaschen könne. „Moment" säuselt er. Ich antwortete: Kein Problem, Cannabischen warten. Alles easy. Ich setzte mich auf ein dort abgestelltes altes Sofa. Gemütlich hier, riecht nur etwas merkwürdig. Ich fühlte mich auch ein wenig leichter und entspannter. Irgendwann, hab nicht auf die Uhr geschaut, schwebte er wieder in den Verkaufsraum und schüttelte den Kopf.

„Sorry Alter, da musst du wohl irgendwo anders aufschlagen." Normalerweise würde ich jetzt ja um ein Feedback nicht verlegen sein, aber ich rege mich nicht auf und sagte mir: „Alles easy Bro. Time is on my side!" Ich schwebte davon und war fasziniert von der soeben erhaltenen Leichtigkeit. Die grimmigen Gesichter und die hektische Fortbewegungsart der anderen störten mich auch gar nicht mehr. Ich blieb an einer Fußgängerampel stehen und hielt inne, um ein paar Züge des frisch entstandenen Feinstaubes zu inhalieren. Ein etwas älterer Herr gesellte sich zu mir und begann eine Konversation. Ich heuchelte Interesse und musste mir einen Vortrag über den übermäßigen und früher nie da gewesenen Verkehr anhören. Er erzählte mir über seine Verärgerung durch Erfahrung mit unfreundlichen Mitmenschen und meinte, auch das habe es früher so nicht gegeben. Nachdem er mit seiner Lebensgeschichte fertig war, fragte er noch, ob ich denn gedrückt habe, für Grün zu bekommen. Nö, antwortete ich, ich will ja nicht rüber. Schließlich drückte er dann den Knopf und wechselt die Seite. Alles Bekloppte hier, raunte er und entschwand kopfschüttelnd meinem Sichtfeld. Will damit sagen, auch wenn man nichts tut, kann man unbeabsichtigt in die Ungnade anderer fallen. Ich ging zurück in Richtung Bushaltestelle. In 15 Minuten sollte mein Bus kommen. Gegenüber fiel mir noch eine kleine unscheinbare Apotheke auf und ich startete einen weiteren Versuch. Diesmal waren hier die Kunden in der

Überzahl und die Angestellten bemüht, den Andrang zu bewältigen. In der Schlange neben mir machte sich so ein typischer Motzkunde bemerkbar. Man kennt ja sie ja. Diese Leute versuchen, Aufmerksamkeit zu erzwingen, mit sinnlosen verbalen Attacken auf Mitarbeiter, die gar nichts dafürkönnen. Der sogenannte Herdentrieb kommt zur Geltung und dieser Typ schaffte es tatsächlich auch noch, andere mit zu ziehen. An dieser Stelle vielleicht mal ein kleiner Tipp: lieber Leser dieser Zeilen, lasst euch nicht von solchen schlecht erzogenen Menschen beeinflussen. Ich weiß aus Erfahrung, die Angestellten hinter der Theke machen auch nur Ihren Job und die meisten auch noch verdammt gut. Die haben es einfach nicht verdient, von solchen Möchtegernangebern nieder gemacht zu werden. Aber ich weiß auch, dass diese sogenannten Besserwisser eben am meisten mit sich selbst bestraft sind. Und das ist Gerechtigkeit. Irgendwann habe ich das Gejammer nicht mehr ausgehalten und habe ihn vorgelassen. Allerdings mit dem Hinweis, sich beim nächsten Arztbesuch etwas Geduld und Zeit mit verschreiben zu lassen, denn dafür brauche man nicht in die Apotheke. Dann war es still und kurz darauf war ich an der Reihe. Vorsichtig überreichte ich das Rezept sogleich mit dem Vermerk, dass das Medikament eh nicht da ist, aber ich es doch mal versuchen wollte. Die Apothekerin lächelte kurz und meinte, sie müsse mich enttäuschen, aber diese Tabletten sind hier immer vorrätig! Ich bedankte mich höflich, bezahlte und verließ freudig die Apotheke. Und während ich dann noch meinen Bus wegfahren sehe, klingelte es hinter mit. Der E-Rollerfahrer meint: Ey... Alter, kannst nicht aufpassen? Ich rege mich nicht auf und bleibe ruhig. Bis zum nächsten Bus habe ich ja noch Zeit. Viel Zeit!

## 15. Reha

Apropos Zeit. Nach meinen Bestrahlungen sollte ja noch eine Zeit auf mich zukommen, wo das Wort Zeit eine ganz andere Bedeutung hat. Nach mehr als zwei Monaten der Verweildauer größtenteils zu Hause hatte ich auch dort manchmal das Gefühl, wieder etwas Hektischer zu werden. Meine Zeit fing ich an zu planen, da ich mir einfach schon zu viel vornahm. Die Hausarbeit wurde zum festen Bestandteil meines Tagesablaufes, was natürlich auch Spaß machte, und meine Hobbys sollten ja auch weiter gepflegt werden. Nicht nur, dass ich auch mit diesem Buch beschäftigt war, ich bestellte mir auch noch Bücher, die ich selbst immer mal lesen wollte. Irgendwie fehlten mir täglich ein paar Stunden.

Es sollte sich schlagartig ändern, ich fuhr in die Reha. Meine Wahl fiel auf die Niederrhein Klinik in Korschenbroich, wo ich auch vor 20 Jahren bereits war, und die mir noch in angenehmer Erinnerung geblieben ist. Diese Klinik behandelt nicht nur Krebspatienten, sondern ist aufgrund der ausgezeichneten orthopädischen Abteilungen sehr bekannt und angesehen. Damals war ich mit knapp 40 Jahren dort der jüngste Patient. So sollte ich jetzt, 20 Jahre später locker mithalten können. Also betrat ich früh morgens gut gelaunt das Foyer und eilte zur Rezeption. Beim ersten Rundblick setzte da auch schon massive Ernüchterung ein. Nicht nur die Klinik ist älter geworden, wobei sie immer noch in einem sehr guten Zustand ist, nein auch ich bin älter geworden. Ja und die Patienten wohl scheinbar auch. Ich war wieder das Nesthäkchen. Nein, ich will keinen falschen Eindruck hinterlassen, gegen ältere Herrschaften habe ich natürlich nichts, ganz im Gegenteil. Aber man steht schon selbst unter Beobachtung gemäß dem Motto, was will der eigentlich hier, der hat noch nicht einmal einen Rollator??? Nach dem Einchecken und dem Einrichten des Zimmers, was auch alles reibungslos funktionierte, ging es dann zum ersten Highlight des Tages: Essen. War damals schon ausgezeichnet und ich war der festen Überzeugung, dass die Schnitzel nicht auch noch 20 Jahre gealtert sind. Pünktlich um 12 versammelt sich die Meute. Es erinnert einen an eine vertrocknete Steppe, an der nur einmal im Jahr Regen fällt und wo sich dann genau an jenem Tag alle animalischen Wesen zusammenfinden, um ihren Durst zu stillen und danach wieder zufrieden den Ort des Geschehens zu verlassen. Aber ich merkte schon, wenn es um das Essen geht, werden aus friedlichen und freundlichen älteren Leuten grimmige und feindselige Krieger. Stöcke werden sodann nicht mehr als Gehhilfen oder Stützen gebraucht, diese sind nun Waffen. Im Zeitlupentempo geht es zum Buffet. Natürlich habe ich die Herrschaften vorgelassen. Bin eben sehr freundlich. Oder halt vorsichtig. Aber im Prinzip war es auch nicht anders möglich. Nach gefühlten 2 Stunden war ich dran. Aber wie sollte dann mein Teller noch von den Resten voll werden? In der Steppe hätte ich nun genauso gut auf den nächsten Regen warten können. Irgendwie kamen dann halt doch noch ein paar Reste zusammen und ich eilte zu Tisch. Argwöhnisch wurde ich dort ebenfalls beäugt. Man sieht es an ihren Blicken. Beim ersten Biss in das Fleisch steht es in ihren Gesichtern zum Ablesen: „Ach schau mal wie süß, es frisst ja schon!" Die Zeit zwischen den Essen nennt man hier Anwendungen, Gespräche, Ruhe und Schlafen. Es läuft hier alles wie im Zeitlupentempo ab. Stress oder Hektik? Fehlanzeige. Man kann hier entspannt runterkommen. Und das nicht nur mit dem Fahrstuhl! Es gibt einen enormen Unterschied zwischen der Freizeit zu Hause und einer Rehaeinrichtung. Während man in den eigenen vier Wänden seinen Beschäftigungen und

Tätigkeiten fast nahtlos ineinander nachkommen kann, klafft hier in der Rehaklinik doch immer eine (ich nenne es) Nullzeit dazwischen. Das ist eine Zeit, wo man null Ahnung hat, was man so anstellen könnte.

Hausarbeit fällt flach, dafür haben die hier ja Leute. Einkaufen gehen ist ebenfalls nicht. Bei den Anwendungen könnte man ja der Meinung sein, hier wird man mal ein wenig gefordert, und genau mit dieser Einstellung habe ich mich dann zum sogenannten Gerätetraining bewegt. Dort angekommen fingen meine Augen an zu leuchten. Sportgeräte, alles, was das Herz bewegt! Freudestrahlend hüpfte ich auf das Laufband. Da ich in einem Fitnessstudio regelmäßig diese Geräte beanspruche, war ich bereits auf ein wenig Konditionstraining vorprogrammiert. Ich wollte gerade starten, da sah ich plötzlich einen Finger, der sich auf die Stopp-Taste zubewegte. „Was machen Sie denn da?", hörte ich eine Stimme sagen. „Ich mache jetzt einen Dauerlauf" antwortete ich fest entschlossen. „Nichts da" erwiderte die junge Dame noch viel entschlossener. „Wir fangen hier erst mal ganz langsam an". „Ja aber ..." „Nichts aber" jetzt in der Steigerung von noch entschlossener. Ich traute mich erst gar nicht, in der aller entschlossensten Art zu antworten, und fügte mich ihrem Willen. Ihr Finger huschte rasch über die Programmiertasten und meinte „So, jetzt können Sie anfangen. 5 Minuten gehen". Das Gerät nahm seine Arbeit auf. Aber es stand offensichtlich nicht auf Gehen, sondern auf Schleichen. Dies erwähnte ich dann wohl noch kurz, worauf sie laut in den Raum rief, sodass es jeder Hörgeschädigte, auch ohne Hörgerät, locker hören konnte: „Wenn Sie nicht mehr können, rufen Sie mich einfach!" Alle Blicke auf mich. Eine ältere Frau mit Gehfrei meinte noch: „Nur Mut, Sie schaffen das schon". Schnell lernte ich, den Therapeuten nicht zu widersprechen. Ohne Zweifel machen sie schließlich einen guten Job. Langsam stellte sich meine innere Uhr um. Schlafen, Aufstehen, Essen, Spazieren, Schlafen, wieder aufstehen, Pause, leichte Anwendung, Essen, nochmals Schlafen, Pause, Vortrag oder Gespräche, Kurs Tiefenentspannung (Vorsicht, hier aufpassen, dass man wieder aufwacht), Pause, Essen, kurzer Spaziergang, dann Schlafen. Stress? Geht gar nicht. Irgendwann hatte ich den Eindruck, da kann man sich dran gewöhnen. Schließlich lernte ich auch, wie man schnell und unkompliziert an reichhaltiges Essen kommt. Die Neuankömmlinge musste man nur feste wegschubsen. Beim Essen herrschte halt das Gesetz des Stärkeren. Nach drei Wochen kam ich dann völlig relaxt und tiefenentspannt nach Hause zurück. Meine Frau freute sich schon, denn sie wusste, dass ich jetzt gerne meinen Hausarbeitstätigkeiten eifrig nachgehen würde, schließlich hat sie mir ja davon noch so einiges übrig gelassen. War logischerweise eine krasse Fehlentscheidung, denn warum sollte ich jetzt wieder von 0 auf 100 umschalten? Also erhielt ich am nächsten

Vormittag eine Liste zum Erledigen. „Da hast du wieder etwas Beschäftigung, während ich zur Arbeit bin", sagte sie mit einem breiten Grinsen im Gesicht, wohlwissend, dass bei ihrer Rückkehr alles getan ist. Natürlich kann man der Meinung sein, muss man aber nicht! Sie verließ das Haus, wünschte mir einen schönen Tag und entschwand. Mein Weg führte allerdings zur Couch, ich setzte mich gemütlich hin und sprach:" Frau Alex, spiel Musik zur Tiefenentspannung". Sie legte los. Und sie hatte eine Menge davon...

## 16. Fazit

Für alle, die ein wenig schmunzeln möchten, ist dieses Buch nun zu Ende. An alle anderen richte ich hier auch mal ein paar ernstere Worte. Und die Wahrheit - bzw. was ich für meine eigene Wahrheit halte. Während meiner Krankheit und Genesung habe ich viel Zeit gehabt. Diese habe ich nicht nur mit Hobbys, Hausarbeit und Erholung verbracht. Nein, ich habe auch sehr genau überlegt und mir viele Gedanken gemacht. Es ging um meine Gesundheit, meine Existenz, meine Zukunft, den Sinn und die Erfüllung meines weiteren Daseins sowie über meine Vergangenheit. Und hier setze ich an: Habe ich bisher alles richtig und gut gemacht? Zumindest denke ich, dass ich für meine Familie, meinen Job und für möglich viele andere Menschen, Freunde, Bekannte und auch Fremde immer versucht habe, das mir Bestmögliche zu geben. Aber was ist eigentlich mit mir selbst? Oder war? Und diese wichtige Frage müssen wir uns alle stellen. Ehrlich muss ich mir da eingestehen, dass ich womöglich Opfer des Alltags, meines Jobs, den ich aber auch gerne mache und zu vielen äußern Umständen geworden bin. Sind wir innerhalb unseres z. B. Arbeitslebens wirklich so unentbehrlich und wichtig, wie wir immer tun? Ich spreche mal jetzt für alle. Verrennen wir uns da nicht irgendwo in einen ewigen Kreislauf, aus dem wir aus Gewohnheit nicht mehr in der Lage sind, heraus zu finden? Machen wir alles, um unserer eigenen Zufriedenheit Genüge zu tun? Haben wir nicht manchmal den Eindruck, da fehlt irgendwas? Sind wir eventuell nur Gefangene unserer eignen Gedanken? Ich bin zu der Überzeugung gekommen, da ist noch was zu tun - umdenken! Werden wir mal ganz konkret und nehmen unseren Alltag. Stress und Hektik sind uns ein Begriff und beeinflussen unser Leben. Außerdem stellen wir uns auch manchmal ganz unbewusst dem allgegenwärtigen Leistungsdruck. Arbeitet der Kollege vielleicht länger als wir, stehen wir schon unter dem Druck, ihm gleich zu tun. Hat ein anderer Kollege eine außergewöhnlich gute Leistung gebracht, sehen wir uns gezwungen, uns etwas ähnliches einfallen zu lassen. Anstatt uns für ihn und das

Unternehmen zu freuen. Haben andere Kollegen besserer Kennzahlen, setzen wir alles daran, diese noch zu übertreffen. Ich nenne es so: Wir setzen uns selbst einem Ranking aus. Aber werden wir aus menschlicher Sicht auch so gemessen? Natürlich sind wir ab und zu mal stolz, etwas Gutes und Positives geleistet zu haben, aber wir stehen dann schon wieder unter Druck, dieses Level beizubehalten. Denn: Der Erfolg von gestern ist ja schließlich der Kompost von heute! Mal drüber nachdenken. Und - was ist das Ergebnis von Druck und Stress? Fehlende Effizienz. Dies ist kontraproduktiv und wirkt sich wieder auf unser Gemüt aus. Nicht selten resultieren daraus auch unterschiedliche Krankheiten. Außerdem leben wir heute in einer extrem schnelllebigen Zeit. Ich bemerke in letzter Zeit eine Verrohung unserer Gesellschaft. Respekt ist für viele Menschen ein Fremdwort geworden. Das Problem ist, das wir uns auch innerhalb unserer Freizeit mit negativen Einflüssen beschäftigen.

Was läuft im Fernsehen? Diskussionen mit immer denselben Leuten aus Politik und Gesellschaft. Aber wenn wenigstens diskutiert würde. Was wir sehen, ist Selbstdarstellung, Selbstbeweihräucherung, Polemik, Heuchelei, Drohungen, Beleidigung und Panikmache. Ist das für uns sinnvoll? Oder gehen wir ins Internet, vielleicht mal ein Forum! Teilweise findet man hier schon verbale Attacken von Kreaturen niedrigster Herkunft.

Sollten wir uns damit beschäftigen? Oder ganz banal, steigen wir einfach mal ins Auto und fahren los. Ich habe das Experiment gemacht, von Aachen nach Köln konstant mit Tempo 80 zu fahren. Wilde Gesten, Beschimpfungen, Gehupe, Aufblinken. Jeder, aber auch jeder schaut in dein Fenster. Würden wir in diesem Augenblick jeweils ein Foto machen, wir hätten in kurzer Zeit eine Sammlung mit den dümmsten Gesichtern Deutschlands. Ja - liebe Freunde und Kollegen, ich lege meins mit dabei, der Vollständigkeit halber. Aber würden wir nur auf der Autobahn leben müssen, wären Begriffe wie Empathie nicht mehr nötig. Werde dies wahrscheinlich noch mal wiederholen, aber mit Tempo 30, und zwar auf der Überholspur. Dann wohl mit gepanzertem Fahrzeug und kugelsicherer Weste. Was will ich damit sagen: Was ist für uns wichtig? Für mich steht, selbstredend, die Gesundheit ganz oben. Aber genauso wichtig sind eine glückliche und intakte Familie und die innere Zufriedenheit. Beschäftigen wir uns mal mehr mit uns, unseren Familien und Freunden. Gehen wir doch öfters aus oder ins Kino. Gehen wir öfter mit unserem Partner essen. Treffen wir uns öfter mit Bekannten und nehmen mehr am öffentlichen Leben teil, vielleicht mit den Leuten, die die gleiche Ansicht diesbezüglich haben. Aber selbst dazu hat man ja auch immer weniger Zeit. Jeglicher kulturelle Anspruch ist mit der Einführung der verlängerten Ladenöffnungszeiten zunichtegemacht worden. Samstags im Einzelhandel bis 20 Uhr. Wer hat da noch Lust, irgendwohin zu gehen. Die Gesellschaft ist Opfer ihrer selbst geworden. Aber - man kann trotzdem vieles ändern: mit seiner eigenen Einstellung. Und dies ist die Quintessenz meiner Überlegungen. Eine positive Lebenseinstellung sowie eine bewusstere Lebensweise führen genau zu den drei genannten Punkten. Zudem sollte die sogenannte „Work Life Balance" ausgeglichen sein. Egal, was andere sagen oder denken. Durch eine gesunde Ausgeglichenheit kommen wir zu der inneren Zufriedenheit. Ich frage mich, warum ist unsere Gesellschaft eigentlich so unzufrieden, wenn man sich nur umschaut und beobachtet, kann man es spüren. Auch durch meinen Beruf habe ich sehr viel mit Menschen zu tun. Hier kann ich allein schon über „Die Spezies Kunden" ein eigenes Buch schreiben. Der Mensch wird aggressiv, ist schnell reizbar, beschwert sich immer häufiger, auch über Dinge, die weder Relevanz noch eine schwerwiegende Bedeutung haben. Letztlich war ich in der Sparkasse und am Schalter befand sich eine Mitarbeiterin, die mit einem Kunden beschäftigt war. Eine Kundin hinter mir meinte: Ist aber auch wenig, nur eine Angestellte. Ich antwortete: „Nein, gar nicht, wissen Sie, ich habe Krebs und bin froh für jeden Tag, den ich noch erleben darf. Da warte ich auch schon mal gerne." Betretenes Schweigen. Ok, war vielleicht etwas überzogen, aber die Bedeutung dieser Worte ist verständlich. Geht es uns denn wirklich so schlecht? Schaut man sich die Welt mal genau an, da finden wir Seuchen, Hunger, Kriege, Diktaturen, Unterdrückung sowie auch Einschränkung in die persönliche Freiheit. Selbst in Deutschland, in einigen Bundesländern schon politische Missbildungen. Und was machen wir? Wir beschweren uns über allen überflüssigen Unsinn. Ich will hier nicht politisch werden, aber wie kann man sich vor diesem Hintergrund noch nach Alternativen umsehen? Diese Leute, die uns diese Alternativen verkaufen wollen, halte ich für Blender. Die gehen in einen schwarzen dunklen Keller, um eine schwarze Katze zu suchen, die nicht existiert. Und genau die rufen dann laut: „Ich habe sie"! Lassen wir uns nicht davon beeinflussen. Wechseln wir doch einfach von der Überholspur auf den Standstreifen. Einfach um mal innezuhalten, mal nachzudenken und sich mal die eben erwähnten Fragen zu stellen. Wir müssen raus aus diesem Kreislauf und uns auf die wichtigen Sachen im Leben beschränken und uns darauf konzentrieren. Ich konzentriere mich darauf, gesund zu werden und zu bleiben, das familiäre und soziale Umfeld zu stärken, mir die nötige Zeit zu nehmen, zufriedener zu sein und möglichst Stress und negative äußere Einflüsse zu vermeiden. Genau dies wünsche ich jedem Leser dieser Zeilen.

„Gute Nacht Frau Alex" „Gute Nacht und süße Träume" erwidert sie. Find ich gut ...

„Ach ja, wir kennen uns doch jetzt so gut. Darf ich auch Alexa sagen?" ☺

## Credits

Zum Schluss möchte ich auch einmal „Danke" sagen. Viele Menschen haben mir geholfen, diese schwierige Zeit optimal zu überstehen. Zunächst einmal sage ich „Danke" an die urologische Praxis Dr. Vahrmeyer im urologischen Zentrum MVZ in Aachen. Der Arzt ist sehr kompetent, nimmt sich die erforderliche Zeit und beantwortet alle Fragen mit Ruhe und Sachverstand. Zudem kann ich auch das freundliche Praxisteam empfehlen. Dann ist das Uniklinikum der RWTH Aachen zu erwähnen. Auch hier fühlte ich mich sehr gut aufgehoben. Ganz besonders möchte ich die Abteilung bzw. Klinik für Radioonkologie und Strahlentherapie unter Leitung von Herrn Univ. Prof. Dr. med. Michael J. Eble erwähnen. Die perfekte Kombination aus Erfahrung und absoluter Fachkompetenz. Auch organisatorisch war hier alles perfekt abgestimmt. Positiv erwähnenswert die freundlichen Mitarbeiter/innen an den Geräten, die immer so schön darauf geachtet haben, dass meine Blase immer schön gefüllt war. Die stand zwar wegen Überfüllung manchmal vor ganz ungewohnten Herausforderungen, aber es hat ja geholfen. Also auch hier ein ganz besonderes Dankeschön. Die Niederrhein Klinik der St. Augustinus Gruppe in Korschenbroich möchte ich ebenfalls sehr positiv erwähnen. Hier fand meine Reha statt und ich wurde während meines dreiwöchigen Aufenthaltes dort sehr gut therapiert. Sehr gute Ärzte und Therapeuten, Pflegepersonal ausgezeichnet. Vielen Dank auch hier für alles. Meiner Familie, Freunden, Kollegen und Bekannten möchte ich einen ganz besonderen Dank aussprechen. Sie haben sich immer nach meinem Wohlbefinden erkundigt und standen mir mit Rat und Tat zur Seite. Hier auch insbesondere meine Mutter und meine Schwester, die mir bei diesem Buch mit vielen Tipps weitergeholfen haben. Bei diesem Projekt möchte ich mich bei der Freundin meines Sohnes, Ylenia Baggins, bedanken, die mein Manuskript Korrektur gelesen hat. Aber am meisten möchte ich mich bei meiner Frau bedanken, die immer für mich da war und mich eine lange Zeit aushalten musste, und getan hat. Sie war immer zur Stelle, wenn ich Hilfe brauchte und ich fühlte mich zu keiner Zeit allein. Auch sie hat mich bei der Erstellung dieses Buches sehr unterstützt. Vielen lieben Dank dafür! Ach ja, ... und danke „Frau Alex" :)